走，捉鱼去

刘春龙 著
李劲松 绘

广西师范大学出版社
·桂林·

自 序
吃鱼没有取鱼乐

"走,捉鱼去!"这是孩时最喜欢听到的一句话。不管是谁起的头,也不管正在做什么,随即就会聚拢一帮小伙伴,或到河埠头,或到湖荡边,或到沟渠间,来一场游戏般的捕鱼狂欢,钓鱼、叉鱼、网鱼,捉泥鳅、寻黄鳝、抠螃蟹……疯闹之余,还不忘比试一番,比试谁的技法更高,谁的运气更好,谁的渔获更多。

我们还喜欢看别人捕鱼,如同欣赏一场演出,撒网的、划钩的、围箔的、放老鸦的、张虾笼的、捺龙罩的……逮着什么看什么,一看就是半天,直到渔人驾船远去,这才恋恋不舍回家。

亲身体验也好,一旁观望也罢,捕鱼摸虾无疑是水乡孩子最钟爱的娱乐节目。孩子如此,大人亦然,想想他们自己就是这么过来的。这还有个说辞,吃鱼没有收鱼乐嘛。

　　家乡兴化地处江苏省中部，属于里下河平原。里下河不是一条河，而是由无数条河流组成的一个区域，位于里运河以东、串场河以西、苏北灌溉总渠以南、通扬运河以北。兴化是最具典型意义的里下河水乡，境内湖荡星罗棋布，河港纵横交错，全域2 395平方千米，水面占到四分之一。老百姓常跟外人说，咱们兴化大大小小有一万条河流呢。

　　有水的地方自然有鱼，多水的地方自然多鱼，多水多鱼的地方自然也就催生了多种多样的捕鱼活动。渔家赖以生存，农夫偷闲客串，孩子们呢，则借此放纵野性，乐享其趣。

　　想起曾经的年代，物质生活相当匮乏，学校教育几无负担，我们的课余时间就一个字——玩，想尽一切法子玩。哪像现在的孩子，写不完的作业，上不完的补习课、兴趣班。在无数或模仿或自创的玩项中，捕鱼摸虾无疑排在第一位，那时的水乡孩子，哪个不是这方面的高手？玩乐之中，不仅收获了鱼虾，还有技能的提升，更有生活的历练。

有人说，没有游戏的人生是不完整的人生。这话固然不错，但这里的游戏，于孩子们而言，我更希望多一点来自田野的、跟现实相关的游戏，而不是某些虚幻的电子网络游戏。就个人情感来说，我还想告诉孩子们，有捕鱼经历的童年是幸福的，童年没有渔趣，人生不算精彩。

每每忆起孩时捕鱼观渔的趣事，毫无来由地，我常常为现在的孩子抱屈：他们对家乡河流里的游鱼认识多少，能叫出多少名字？他们认识几种渔具，又会几种捕钓之法？这些或许并不重要，也定然影响不了考试与升学，而我却不无担忧：现在的孩子还有自己的童年吗？

写下这些渔事故事，我的用意很简单，就是想唤起本该属于孩子们的童真，让孩子们知道，除了课业之外，还有一片本该属于他们的放飞自我的天地，以及那片天地里的渔趣。

目 录

001	罩鱼		091	虾笼
006	趟螺蛳		097	捉泥鳅
012	钓河蚌		102	张甲鱼
016	摸"呆子"		108	摸河蚌
022	瓦钓		113	钓龙虾
027	爬墒沟		118	唤鱼
032	逮"吃水"		123	挖河蛏
037	兜网		129	抛叉
043	虾罾		135	抠螃蟹
048	罩青窠		140	寻黄鳝
053	钓鲎鱼		145	拦螃蟹
058	芦柴钩		150	放老鸦
063	绰网		155	罱鱼
068	戳黑鱼		160	放塘
074	摸虾儿		166	拾鱼
080	浑沟		171	闹滩
086	钓沼虾		177	扒钩

罩　鱼

这是一对父子。儿子还小，也就十来岁，可能是第一次跟着父亲罩鱼，透着好奇，有点性急，而更多的是兴奋，不住地咋呼，前面前面——快罩快罩——

春天是个崭新的季节，万物都在选择属于自己的方式"再次出发"，鱼也不例外。冬眠的湖荡已在春的呼唤下醒来，湖水化冻了，回暖了；芦苇冒青了，长高了；水草露芽了，丰茂了……蛰伏的鱼儿欢快地游出来，好奇地打量一个新的世界。

一切都是新鲜的，又是亢奋的，有一种原始的本能在体内奔涌着，那是对同类的亲近，还有对异性的渴望。白天的湖荡是平和的，甚至有点沉闷；夜晚的湖荡则是喧闹的，简直可以说是放纵了。成群的鱼儿集结在草滩

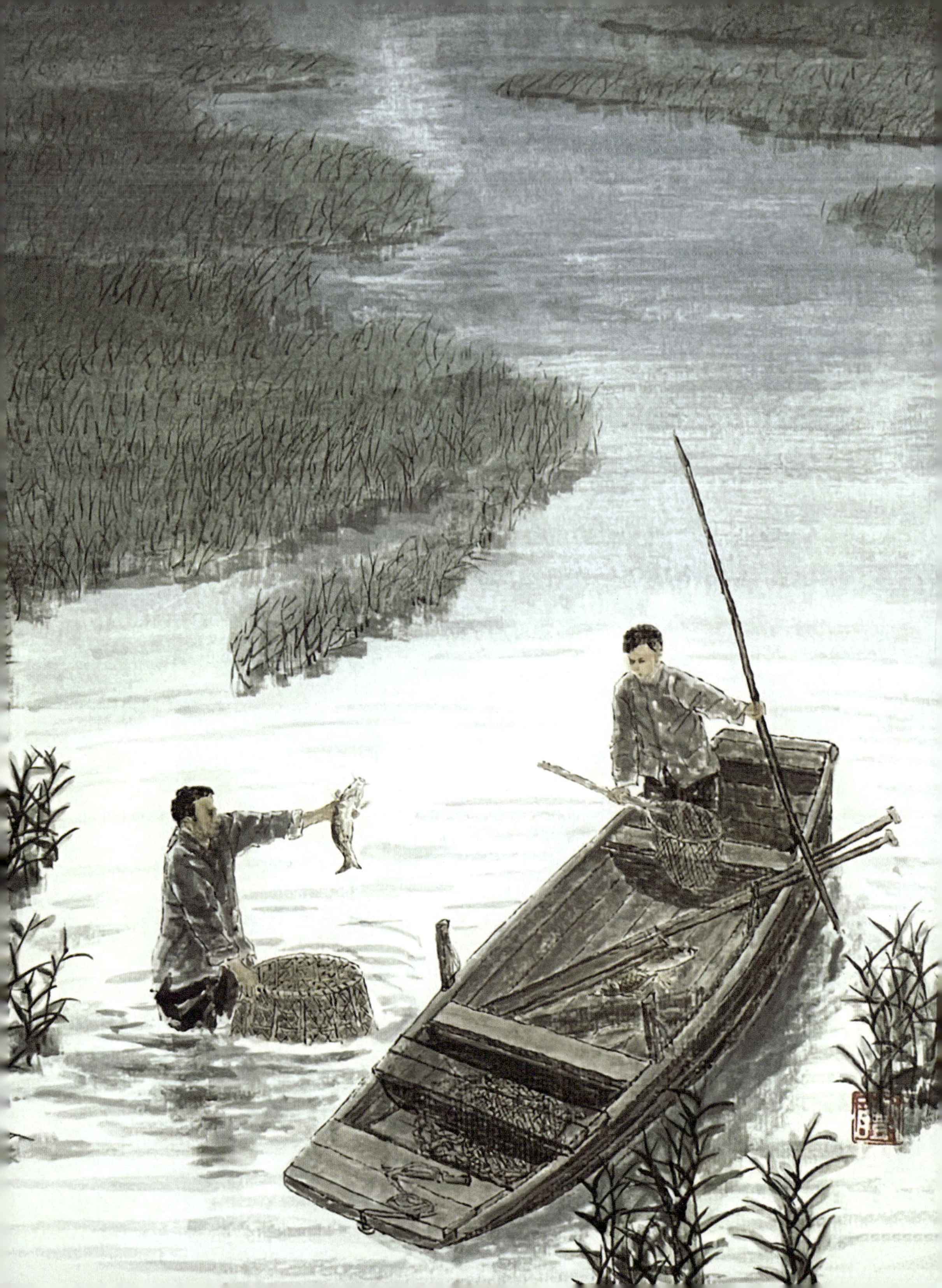

上、苇丛里，寻欢作乐，恣意妄为，春夜的湖荡成了巨大的"嘉年华"。你听，"扑哧""哗啦""呼隆"……水花声此起彼伏，狂欢渐入佳境。那间或响起的扑哧声，是鱼儿在嬉戏；那连续不断的哗啦声，是鱼儿在追逐；那闹成一锅粥的呼隆声，肯定就是鲤鱼鲫鱼在释放天性了……这样热闹的场景往往从午夜持续到黎明。

鱼儿太投入了，忘乎所以了。它们不知道自己肆无忌惮的行为会惹来杀身之祸。此时，一条条小船正悄然向它们靠近，那是湖边村庄里的罩鱼人。

也许，这是一幅在文人眼里颇有诗意的画面：月色是朦胧的，星星是闪烁的，芦苇是摇曳的，湖面是氤氲的，渔火是流动的……静的是无边的夜景，动的是放纵的鱼、捕鱼的人……可对于沉浸在幸福中的鱼儿来说，美景背后潜伏着的则是灾难了。

罩鱼人大都是些庄稼汉，属于"业余选手"。他们把罩鱼当着一件乐事，并不在乎捕了多少。可鱼儿知道这些吗？

鱼罩是用竹子编成的渔具，先扎一个小圆环，再扎一个大圆环，然后用结实的竹片作骨架，周身再用篾片编成篱笆状。人可以站在水里提着鱼罩罩鱼，那是无目标的，一罩按下去不知有无收获，这样的罩鱼通常是在冬季。而罩春夜的鱼则是端着罩，看准了目标罩过去，心里大抵是有个数的。

这是一对父子。儿子还小，也就十来岁，可能是第一次跟着父亲罩鱼，透着好奇，有点性急，而更多的是兴奋，不住地咋呼，前面前面——快罩快罩——父亲则沉稳多了，一再示意儿子别吱声，并发狠下次不带他来了。船慢慢地向前，靠近一片苇丛。父亲竟然坐下来，抽上了烟。这让儿子好生奇怪，可又不敢问话，只得傻傻地看着周围越来越密的渔火，痴痴地听着时不时响起的水花声。就在这当口，船边突然"哗啦"一声，一条大鲤鱼跃出水面，水花溅到船上，溅到父子俩身上。儿子吓了一跳，大叫起来，大鱼——大鱼——父亲似乎也愣了一下，随即操起鱼罩，猛地扑过去，这一下是连人带罩一块儿下水了。春夜的湖水还有些冷，可他顾不得了，因为罩里的动静告诉他，那鱼罩着了，满心的欢喜，也就驱散了湖水的凉意。儿子抓着罩沿，趴在罩上，也想捉鱼，可够不着。父亲笑话他，谁叫你个子长得慢呢。父亲从罩里逮出刚才发威的那条鲤鱼，扔到船舱里，顿了一下，又逮出一条，像变戏法似的，这一罩居然逮了四条……

临近天亮，父亲把船划到浅滩上，他要辅导儿子罩鱼了。儿子提着一张小一点的鱼罩，有点滑稽，虚张声势，不过神情倒挺专注，看哪儿草动就在哪儿下罩，还真让他罩到了几条鲫鱼。父亲在一旁笑着，比自己罩着了鱼还高兴。也许过不了几年，村子里又会多一个罩鱼的"好把式"。

趟螺蛳

有一则谜语说吃螺蛳的事儿:"生的是一碗,熟的是一碗,不吃是一碗,吃了还是一碗。"

"铁锅腔,铜锅盖,里面有个好小菜,有人吃来没人盖。"孩时的饭桌上,每每见到螺蛳,我总会想起这则谜语。谜语这个词是后来上学时才知道的,乡下孩子没那么早慧,只叫它"猜猜儿"。螺蛳也不叫螺蛳,叫螺螺。这"猜猜儿"倒蛮形象的,你看啊,螺蛳壳是锅腔,厣(yǎn)子[1]是锅盖,谁吃了螺蛳肉,还会把厣子盖上呢?

螺蛳其实是一种软体动物,可家乡人还是把它跟鱼虾归入一类。螺蛳不是什么稀罕物,里下河的河湖沟汊

---

1 厣子:螺类的外壳叫作介壳,介壳口圆片状的盖子就是厣子。

里到处都有。我们小时候吃的螺蛳，可不是上菜场买的，而是扛着趟网到河里趟的。乡下人家大多备有趟网，只为着闲时趟点螺蛳改善一下伙食。想起曾经的年代，螺蛳可是农家的一道"荤"菜呢。

趟网是农人自己做的，一根长长的竹竿，根部绑上一张连着篾片的渔网，网口成三角形。大人做趟网，孩子们蹲在一旁看着，过不了几天，他们也会做了。做好的趟网，随意倚在院墙上，或塞到夹巷里。谁家想吃螺蛳了，只要得空，扛起趟网就走。

水乡人家，庄前屋后就是小河。想趟螺蛳了，站在岸边，将趟网支在河沿，网口挨着河底，使劲往前"趟"就是了。有时河面太窄，一网都趟到对岸了，那倒也好，把趟网平着水面拖回来，省得担心收网时逃走顺带的鱼儿。当然，大多数情况下，不需要这样小心翼翼，趟就尽管趟，收就尽管收，螺蛳是不会"游"走的，都在网里"藏"着呢。一网上来，泥草俱全，反复淘洗干净，再倒在岸上细细捡拾。说是趟螺蛳，也少不了捎带些小鱼小虾，罗汉鱼、鳑鲏（páng pí）儿什么的。罗汉鱼，名字挺唬人，其实就是麦穗鱼。运气好的话，还会碰上黑鱼、鲫鱼。有人想多趟点螺蛳卖钱，那就要到湖荡、

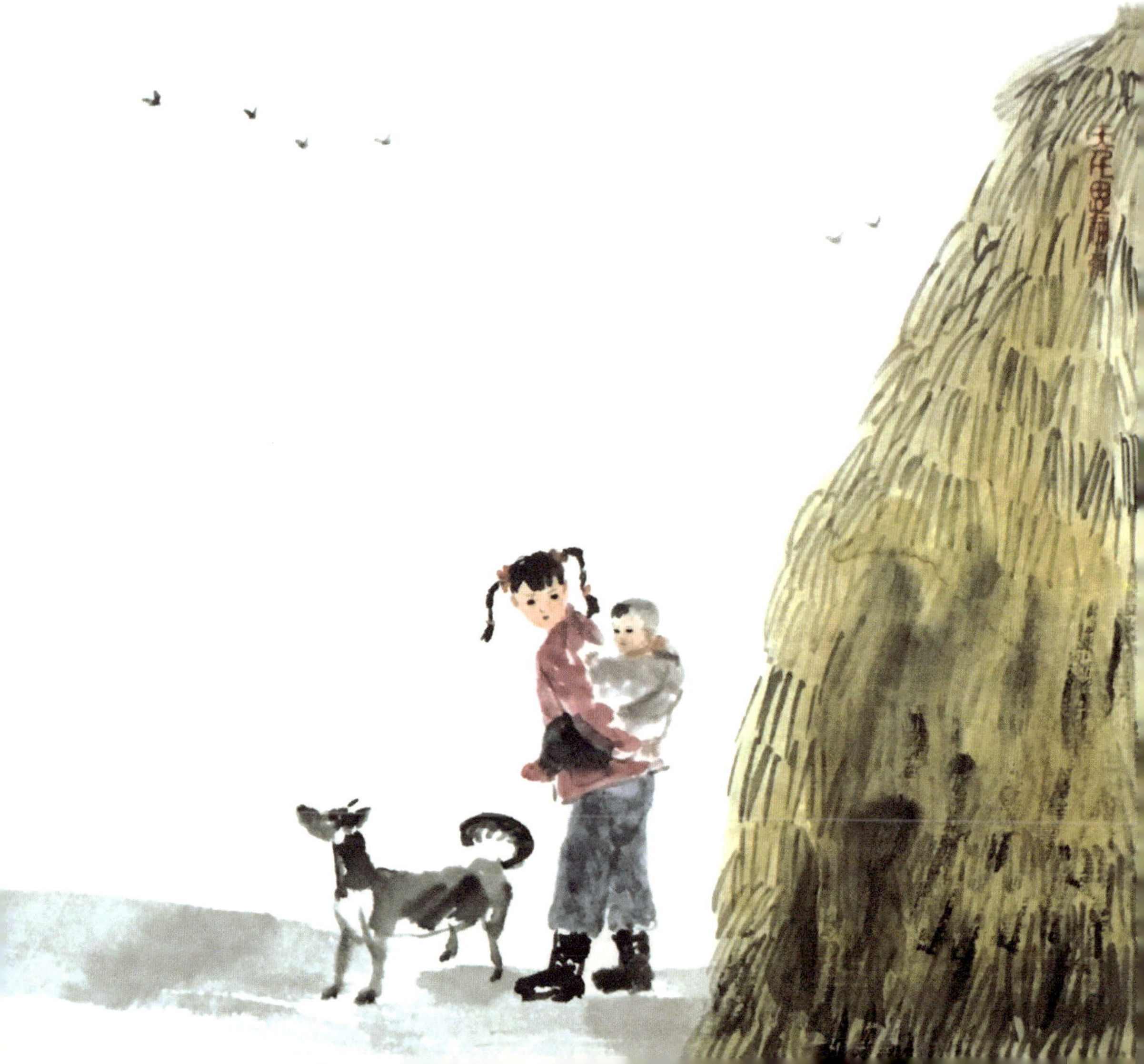

大河，或者垛田[1]的沟汊里，大多是划着船去的。

乡下孩子少有不会趟网的。趟网于童年的我们而言，不仅是一种渔事行为，还是一种娱乐方式。放学或放假了，三五同伴，扛着趟网，背着鱼篓，齐聚到河边湖畔。这儿并没有什么领地之争，谁先谁后无所谓。螺蛳又不像鱼虾，一惊就跑，它最多把厣子缩到壳里。就是有鱼虾，也只是些小不点，逃也逃不到哪去。趟网的人一多，就有逗能的欲望，这倒可以来个比赛了。大家都拉开架势，一比高下，河滩上热闹起来了。

孩子们也有闯祸的时候。不知是谁出的馊主意，说河埠（bù）头下的螺蛳又肥又大，还有做窠的虎头鲨。那天早上，我们几个就去趟了。许是这地方有的是食物，还真让他说准了，可紧接着就挨骂了。大人们看到河水一片混浊，没法淘米、洗菜、汰衣裳了，有的还等着挑水呢，一个个满脸怒色，我们吓得赶忙溜了……

---

1 垛田：在湖荡沼泽地区挖土堆垒而成的田块，形似小岛，四面环水。兴化垛田历史悠久，是全球重要农业文化遗产、全国重点文物保护单位、世界灌溉工程遗产。

螺蛳是个好东西，老辈人说，清明前吃三次螺蛳，一年不害眼疾。趟来的螺蛳洗净了，放上清水养着，再换几次水，去掉泥渍，第二天就能吃了。螺蛳常见的吃法有两种：一种是剪了尾子汆汤烧，一种是挑出肉来炒着吃。我们小时候吃得最多的是汆汤烧，也叫嗍（suō）螺螺，搛起一只，送到嘴边，轻轻一嗍，肉就出来了。兄弟姐妹多的人家，常常在饭桌上比试着吃螺蛳，看谁嗍得快，看谁吃得多，弄得一桌子螺螺壳。这又有一则谜语说吃螺蛳的事儿："生的是一碗，熟的是一碗，不吃是一碗，吃了还是一碗。"

钓河蚌

看到河蚌的所在，伸出柳条，轻轻插入呼吸的洞口，再稍稍拨动一下，受惊的河蚌以为有外敌来犯，猛地把双壳闭合起来。待河蚌夹紧，再慢慢提起柳条，拎出水面……

那天陪朋友去看垛田，正是杨柳泛青、清风吹拂之时。路过一个村庄，遇见几个孩童攀折刚冒芽的柳条，有的编成伪装帽套在头上，俨然是个侦察兵；有的抹成小绣球随手挥舞，奔逐嬉闹。朋友也是农家出身，遂交流起各自的童年趣事。这时又走来一位老大妈，挎着一篮河蚌。我忽然想起一件事，就问朋友，你钓过河蚌吗？朋友一愣，河蚌又没嘴，也不知吃什么，怎么钓啊？我不无骄傲，也有你没玩过的呀？

谁都见过河蚌，也都知道河蚌是软体动物，生活在湖泊、池塘、河流的水底。冬春寒冷时潜伏在淤泥中，夏秋天热时则大部分露在淤泥外。河蚌的行动能力非常弱，靠斧足慢慢爬行，一分钟只能"走"几厘米，所过之处，留下一道浅浅的沟痕。

钓河蚌最适宜的季节是欲暖还寒的初春。这个时节的天气说热也热，说冷也冷，河蚌则是说动也动，说静也静，正试着从淤泥里探出身子。那时的河水真清啊，一眼见底，看到嬉戏的鱼虾，看到招摇的水草，也看到蠢蠢欲动的河蚌……此时的河蚌大都蜿蜒前行一段后又潜藏不露，但并不是一点动静都没有，它的呼吸出卖了它的身体。你会看到水底一条条沟痕的尽头有一个个小洞，那洞口不时往外吐水。不用说，肯定有河蚌隐伏其中了。河蚌似乎就在眼前，但手是够不着的，不然就直接捡拾了；天虽说渐暖，但河水依旧刺骨，不然也就下河摸了。那怎么办呢？只有去"钓"了。

我们从河岸边折一根柳条，作为钓具。你问用什么做诱饵，那根本不需要，连钓线钓钩也不用。一根柳条既是钓竿，又是钓饵，也是钓线，还是钓钩……全都系于一柳。看到河蚌的所在，伸出柳条，轻轻插入呼吸的洞口，再稍稍拨动一下，受惊的河蚌以为有外敌来犯，猛地把双壳闭合起来。待河蚌夹紧，再慢慢提起柳条，拎出水面，一只河蚌就"钓"上来了。这样一说，你该知道怎么钓河蚌了吧？

　　钓完一处，再沿着河边湖畔一路往前走，见蚌就钓，要不了多大一会儿，篮子里就满满当当的了。有时也有意外，看到一只大河蚌，要么"钓"着了，怎么也提不上来，一用力，"钓竿"断了。要么不小心，柳条刚要碰到河蚌，大河蚌闭口了，再也不肯张开双壳，我们只好干着急。不过，意料之外也有惊喜，湖滩边散落着一个个小水塘，有的里面竟卧着虎头鲨、昂刺鱼，或是小乌龟……那就一并收入囊中。

　　听我这么介绍，朋友问，同样的原理，也可钓田螺吧？我点点头，那得重新选一根柳条，梢头更尖更细，看到蠕动的田螺，把柳尖伸过去，往那裸露在外的螺肉上一触，等着田螺把厣甲缩回去，也就把柳条夹住了，轻轻一提，田螺上来了。

也许，这并不是真正意义上的钓，田螺、河蚌只是出于本能的自卫，夹住了"钓具"而已。

谁都知道河蚌里藏着珍珠，每次劈食河蚌时，我们总盼着见到珍珠。这样的机会少之又少，偶尔碰到一两颗鱼眼大的珍珠，会高兴得上了天。但不管有没有珍珠，能美美地吃上一顿自己钓的河蚌，总归是件高兴的事。

摸"呆子"

有时没留神,一条虎头鲨从手指间跑了,别着急,虎头鲨马上还会回来,可先摸摸别处,过会儿来个回马枪,笃定逮个正着……你说这虎头鲨呆不呆?

这里的"呆子",可不是说人的,而是指一种鱼,学名沙塘鳢(lǐ),又叫虎头鲨,俗称虎头呆子。叫它呆子,自有道理。也许是因为长相傻里吧唧的,也许是因为性子懒懒散散的,或是二者兼而有之吧。你看啊,黑乎乎的体色,短胖的个头,一副忠厚老实的样子。再看它缓慢的动作,爱理不理的,受了惊吓即便跑了,过会儿还回到原处,免不了送了性命,这不是呆子又是什么?

知晓了这种呆性,我们小时候没少摸过虎头鲨,从油菜花开一直摸到秋季开学。有时去荒田拾田螺,常看到水洼里有虎头鲨，趴在一片水草青苔中间慵懒地晒着太阳。有人来了，也不见动静。当你伸手去捉时，它才好像刚醒过来，摇着尾巴钻到别处。你只要看准它的游动路线，顺着摸过去，少有落空的。这样摸虎头鲨，因为看到了目标，摸起来也就不算过瘾。我们玩得最多的是在水码头上摸虎头鲨。

水码头多种多样，有的是在水中打两根木桩，上面搭块木板就行了；有的是水泥浇注的，像个密封的船头，浮在水面上；有的砖砌石垒，一级一级的……因了流水和船浪的冲刷，或许本身就有鱼虾寻食做窝的缘故，水岸下会形成一些洞口，常有虎头鲨之类的鱼儿藏在其中。好像并不要谁教，水乡孩子都会摸虎头鲨。这原本就是一种游戏嘛，没什么考究的。

记得那时还在上小学，学校边上有座小桥，小桥下就有一个水码头，我常在课间一个人偷偷跑去摸虎头鲨。沿着水下的砖石缝慢慢摸过去，常会摸到一层滑腻腻、软绵绵的东西，那是虎头鲨产下的鱼卵。摸到鱼卵，也

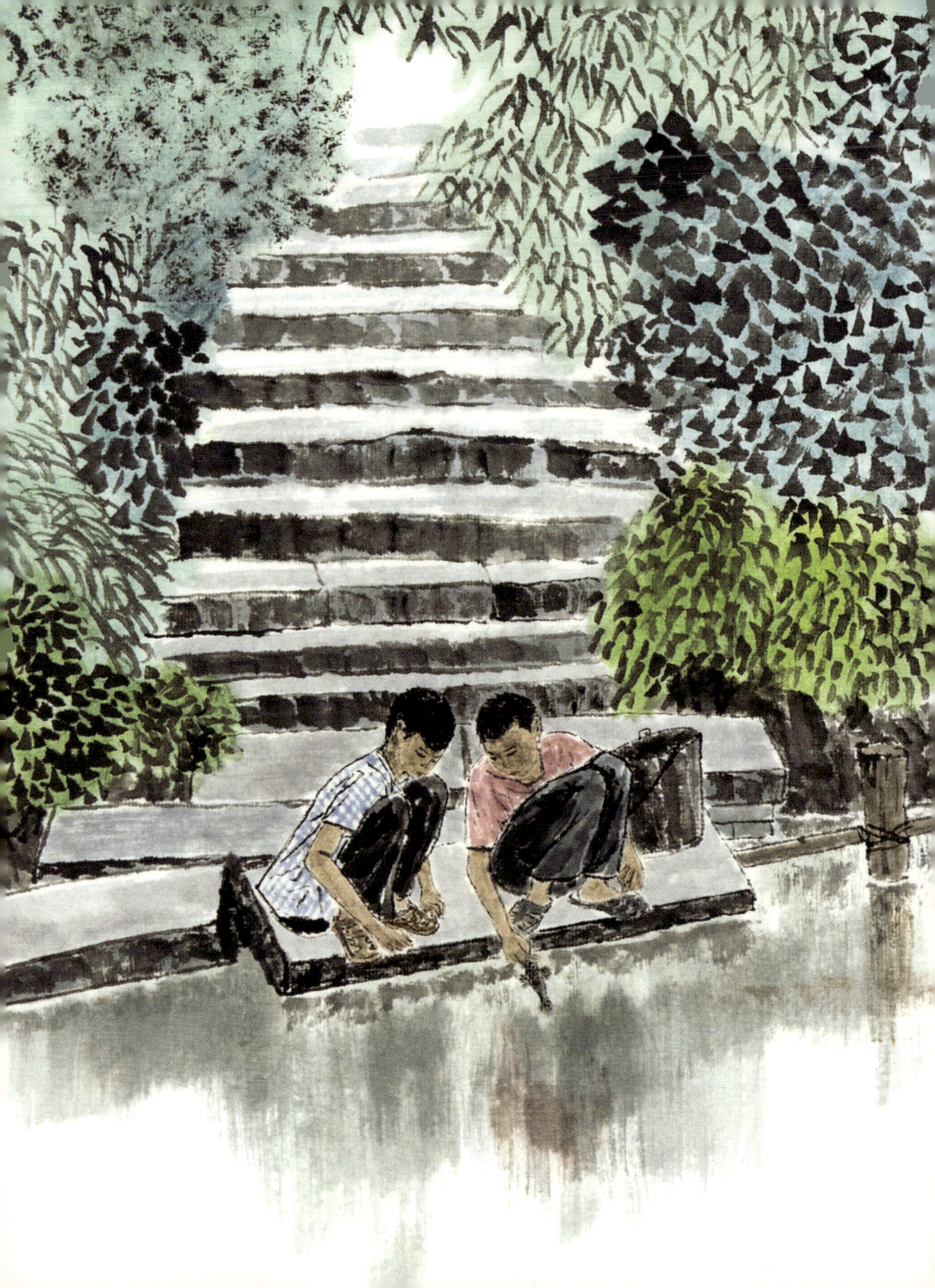

就知道肯定有鱼了，抠下一点鱼卵，看看成色，可以猜出"护窠"的虎头鲨凶不凶。如果鱼卵亮晶晶的，这是刚产下的，此时的虎头鲨或许因为繁殖消耗了体力，一般不是太凶；如果看到了黑点，这表明小鱼快孵化出来了，此时摸虎头鲨，可要小心了，说不定会把你的手指咬出血来。虎头鲨都是头朝外，时刻提防着一切来犯者。

当你伸手去摸时,它自然以为来了"敌人",总是毫不犹豫地一口去咬,咬着的常常是中指,这时赶紧摁着不动,手指并拢抓住它的头就行了。一个窠穴里有两条虎头鲨,先摸到的大都是小的,公的,后摸到的才是大的,母的。虎头鲨的嘴唇像个锯齿,小点的咬着了,手指上会留下细细的牙痕,其实一点也不疼,只是有一种怪怪的痒。可碰上大个的,尤其是小鱼快孵化出来时,一旦被咬着,那就不好受了。我就见过有一个同学没在意,正扬扬自得地炫耀自己的收获,忽然猛一缩手,脸都吓白了,把咬在手指上的虎头鲨一顿乱甩,他以为被蛇咬了。有时没留神,一条虎头鲨从手指间跑了,别着急,只要它的卵还在,虎头鲨马上还会回来,可先摸摸别处,过会儿来个回马枪,笃定逮个正着……你说这虎头鲨呆不呆?

　　课间十分钟,少不了摸个两三窝的,也就五六条了。放学了,再把村里的水码头挨个摸一遍。摸来的虎头鲨,当然要"交公"。大人常会变着法子,做出好多花样的菜来，有氽汤的，有炖蛋的，有跟水咸菜红烧的……那真叫一个香啊。

小时候只知好玩，一直以为虎头鲨就是个呆子，其实完全不是那么回事，它是舍不得尚未出世的孩子。没了亲鱼的看护，那鱼卵会被别的鱼儿吃掉的。这哪是呆啊？

瓦 钓

常常是在傍晚，一帮孩子拎起那怪怪的钓具，直奔小桥下，河埠头。

瓦钓只是乡下孩子的一种游戏罢了。乡下孩子有太多的游戏，就地取材，随性玩乐，这是城里孩子没法比的。也不是所有的游戏都能得到大人的认可，有些项目，大人是制止的，比如爬树掏鸟窝，因为潜伏着危险。可奇怪的是，只要是有关捕鱼摸虾的游戏，大人少有责怪，相反还会放任，甚而褒奖。

或许是从一件偶然的事情中得到启发，这才有了瓦钓。钓鱼时鱼钩拽到一个重物，以为是鱼，可又不像，拖上来一看，一只旧鞋子，刚说了句"倒霉"，鞋里竟跳出两条鱼来，虎头鲨。孩子们不由得喜出望外，欢呼雀跃起来。再次放钩的时候，心里反倒希望不断碰上这样"倒霉"的事。

虎头鲨是一种常见的淡水野杂鱼，样子又丑又怪，鳞片粗糙，浑身黑褐色，有细碎斑纹。也真怪了，既不见虎头之形，也不见鲨鱼之威，不知何以会有这样的名字。这鱼有个特点，恋窠，反应迟钝，尤其是繁殖季节，守在洞里看护鱼卵，赶它走都不走，也就很容易被捕捉，乡民们又叫它虎头呆子。

那什么叫瓦钓呢？说来简单，找些盖房用的小瓦，两两内侧相对合起，插入破草鞋中，用绳子扎好，扣上一段钓线，这就是瓦钓的工具了。说是钓，其实并不放诱饵，完全是针对虎头鲨的习性，引诱它钻入用小瓦和草鞋搭建的洞穴。因为是弄着玩的，孩子们做上十几只钓具就行了。说不清是从大哥哥们那儿学来的，还是无师自通，他们知道哪个地方有虎头鲨，哪个地方虎头鲨多。常常是在傍晚，一帮孩子拎起那怪怪的钓具，直奔

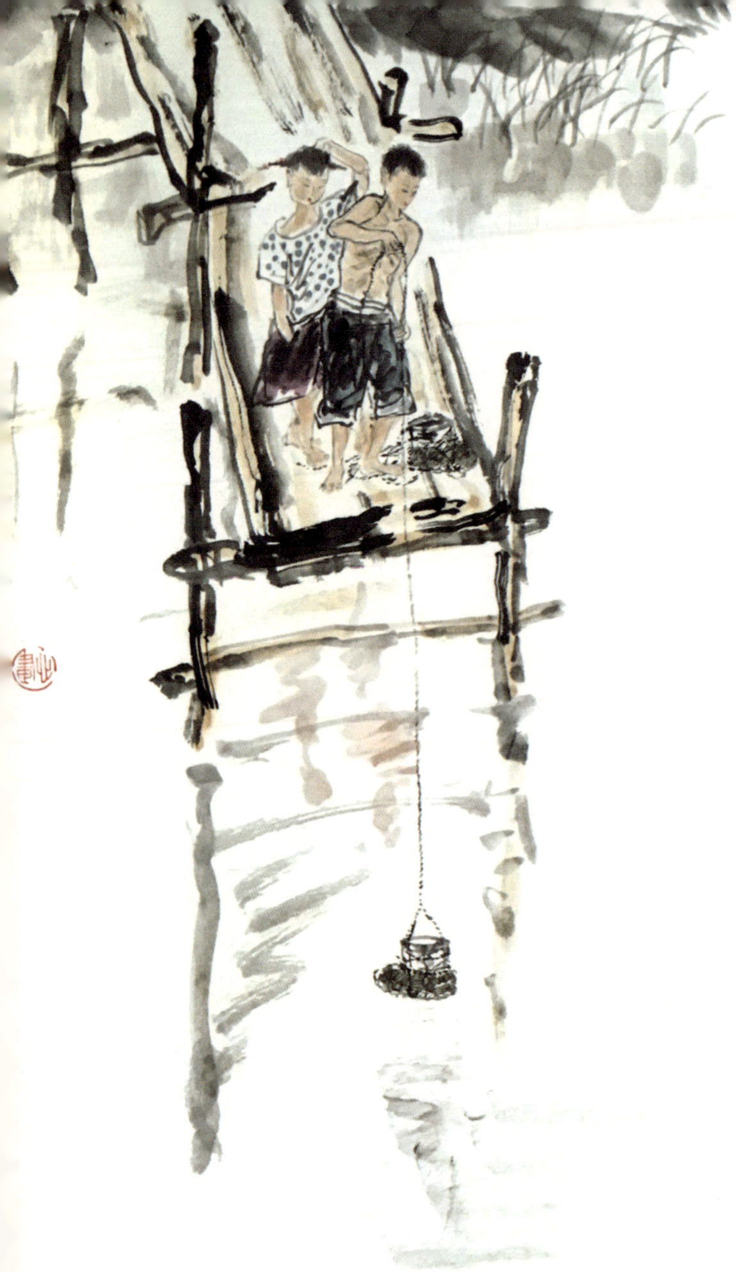

小桥下、河埠头。他们把钓具扔到河里，钓线的一头或扣上芦柴棍儿插在岸边，或扣上泡沫块儿浮在水上，便于早上收取时辨别。那钓具是要在河里过夜的，有人偷吗？不会的。不过第二天还是早点去收为好，说不定早起挑水或行船的哪位出于好奇，随手拎走，也是常有的事。

　　许是有收获等着，孩子们的脸上写满了期待与兴奋。小心翼翼地拎起一只钓具，都出水了，好像还没什么动静，别急，虎头鲨在里面呢。果然，刚把钓具放到岸上，就听到有鱼蹦跳了。有时觉得啥也没有，抓起钓具摇摇，再往下一倒，虎头鲨出来了。真是个"呆子"，竟不知道逃跑。一只钓具里大都有两条虎头鲨，一大一小，大

的是母的，小的是公的。

孩子们意犹未尽，想来个乘胜追击。他们把钓具重新扔下河，有的还在里面放点面团，到了傍晚又可以收获一次，这也是轮番作业了。再次捞起钓具，虎头鲨仍是不少，偶尔还会碰上几只大沼虾呢。

有时忘了，少收了一两只钓具，或是标记找不着了，那也不要紧，虎头鲨笃定还在里面，不走的。忘了收的下次收了就是，找不着标记的，干脆扎个猛子下去摸了。无一例外，隔几天收起的钓具，除了该有的虎头鲨，瓦片上还会附着一层鱼卵，那是虎头鲨产下的，它要等小鱼孵成后才会离开。痴守着自己的窠儿，连命都不要了，这个呆子哦。

也好，因了虎头鲨这样的呆子，乡村孩子的生活会增添更多的趣味。于是，从春末夏初开始，农家的饭桌上就会飘起虎头鲨的香味，持续好长一段时间。你说，这种叫瓦钓的游戏，大人们哪有责怪之理，不褒奖才怪呢。

爬墒沟

所谓"爬",其实就是包抄的意思。大家随即散开,一人一个沟头,蹚下去,手脚并用,相向而行。你别说,这一招还真灵。

提起爬墒(shāng)沟[1],总会想到放忙假[2]。放忙假留给我们的记忆,不单是一份小小的分担,更多的是那些充满野趣的游戏。你想,一个小学生能干什么呢?大人自然不让我们干割麦之类的重活,说实话,就是干了,也只是短暂的新鲜。我们常被派去拾麦穗,或是听使唤、打下手,再不就随意玩,甩开膀子疯玩,赶野兔、捡野鸡蛋、摘荞荞儿……

---

[1] 墒沟:田间临时开挖的浅沟,有利于上水,也能及时排除积水。
[2] 忙假:农忙假,农村地区会在农作物收获时,放假让学生回家帮忙。

麦子割了，田野一片空寂。等待插秧的日子里，这一块天地也就留给了我们。大人无暇顾及孩子，正忙着脱粒入仓呢。他们常挂在嘴上的一句话是："六月天，孩子脸，可不能丰产不丰收啊。"那时我们还不甚明了这话的含义，六月天跟孩子脸有啥关系，丰产怎么就不丰收了？当一场大雨突然降临，我们似乎才悟出了一点什么。不过，当雨过天晴，我们照玩不误。

原是去圩（wéi）堤边拾猪草的，经过放水口，却看到一群鱼儿"吃水"，急急地逆水而上，有的竟冲到墒沟里。哪有看到鱼儿不逮的？连忙扔下铲刀、篮子，顺着墒沟追鱼去。不追不知道，墒沟里的鱼还真不少，都是三五成群的鲫鱼。鱼儿见有人来，一个劲直往前窜。手上没有渔具，看着着急，又不甘心，于是放慢脚步，悄悄靠近，瞅准机会捉鱼。鱼也"配合"，渐渐停止骚动，直至完全安静。我瞅准机会，猛地扑向墒沟，双手迅速抓鱼，还真让我逮着了，这条鲫鱼怕有七八两重呢。其时掌心隐隐作痛，肯定是被鱼背上的刺戳了，也顾不上，继续猫腰向前，又逮了两条，但终究还是溜掉的多。拔根芦苇把鱼串上，炫耀着往家走，路人多有惊讶：好大的鲫鱼，哪来的？回到家，母亲接过鲫鱼，满脸怜爱。父亲问，你不是拾猪草的吗？我一摸脑袋，坏了，只顾高兴，铲刀和篮子忘在田里了。扭头就走，半路上，手心一阵刺痛，伸开一看，竟有些红肿了。

到底还是惦记着墒沟里的鱼，又不想跟别人分享，就跟同学借了把鱼叉，想来一次更大的收获。然而，墒沟太窄了，鱼也似乎狡猾了许多，半天工夫才戳了几条。又想用抄网，可哪来这么小的抄网？还想把墒沟围起来，干了水再逮……正愣着，忽然来了几个伙伴，秘密也就公开了。不知是谁说了句，咱们来爬墒沟吧。

所谓"爬"，其实就是包抄的意思。大家随即散开，一人一个沟头，蹲下去，手脚并用，相向而行。你别说，这一招还真灵，爬到最后，鱼儿直往人身上乱撞，有的都撞到脸上了，也有从两腿间逃掉的。那就两边再加人，堵了鱼的逃路，其他人则帮着逮鱼。爬完一条墒沟，再

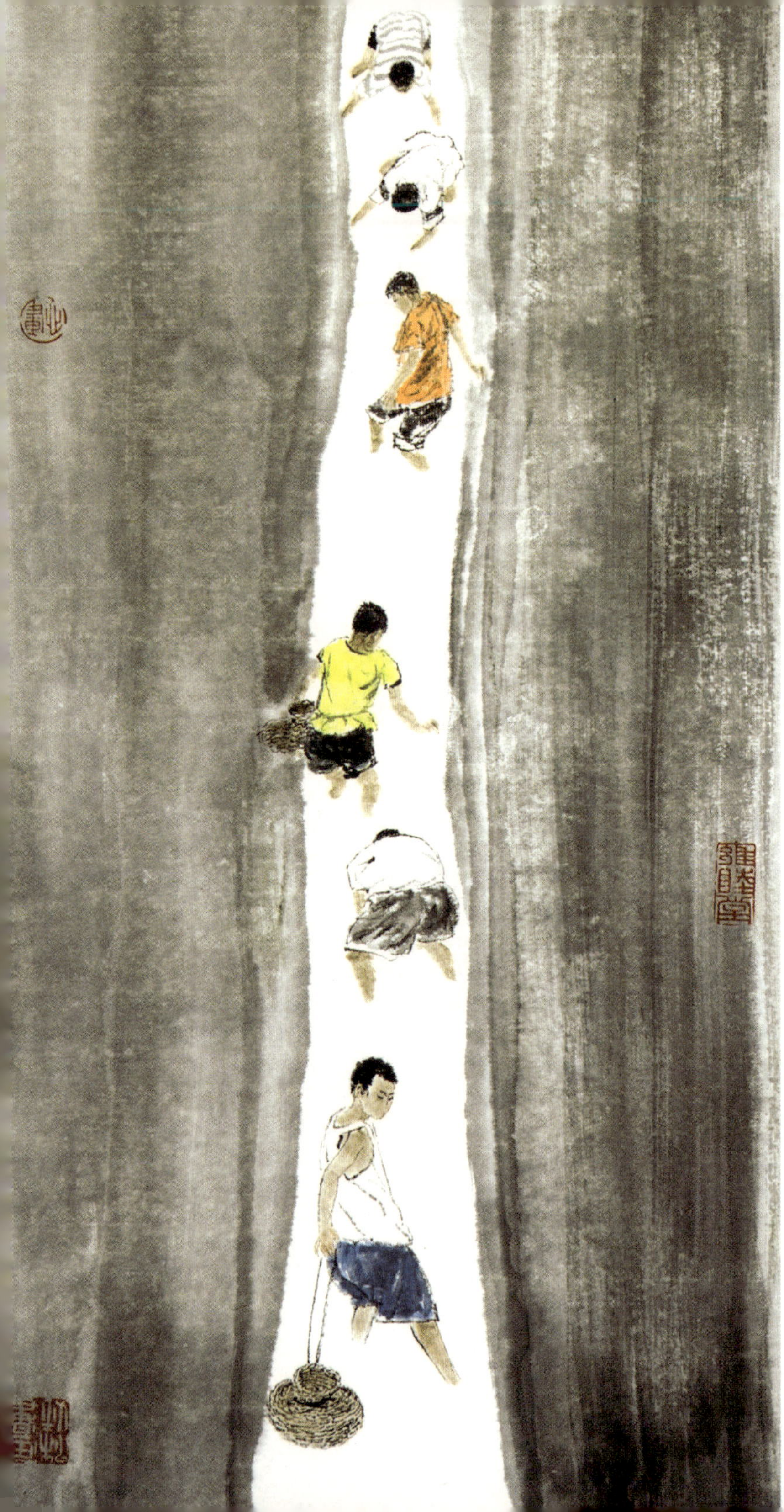

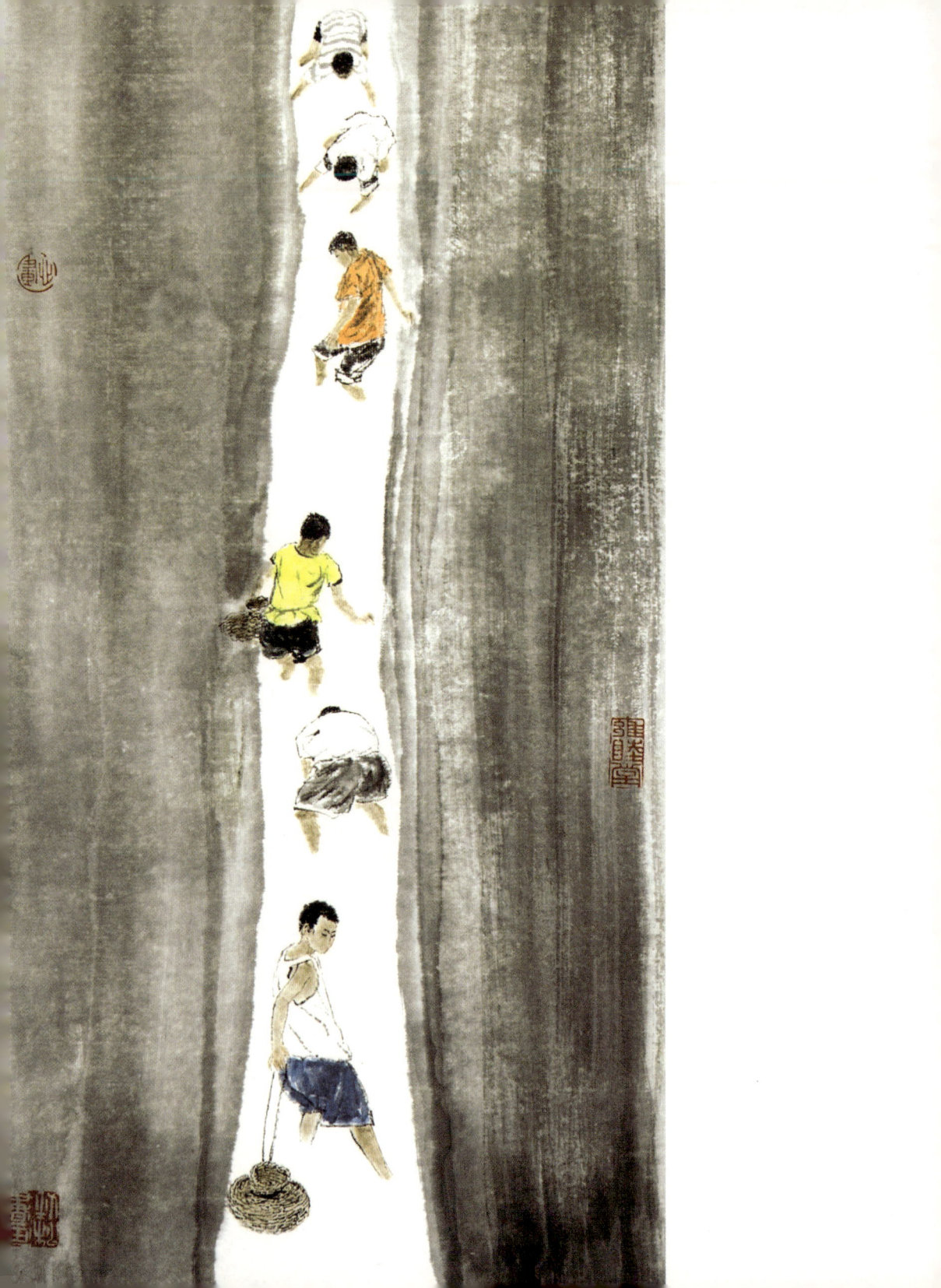

爬下一条，直到看不到鱼才罢。

能这样爬墒沟的时间不长，因为麦田要放水耕翻了插秧。耕了田，鱼都"泻"到墒沟里，我们还是去爬，却与上次不同了。因为墒沟宽了许多，我们干脆伏在沟里，匍匐向前。感受也不同，有鱼窜到肚皮下，痒痒的，直想笑；还有鱼窜到泥垡（fá）间，好逮多了。不过，也有不好的，常常弄得满身泥巴、鱼鳞和黏液，得洗上半天。等到田里都插上秧了，秧苗间仍旧有鱼嬉闹，只是大人再也不许我们去逮了。

记不清从哪年开始不放忙假，也记不清从哪年开始看不到田里有鱼了。每每行走在乡间，看到稍显陌生的农田和农人，我常会想起放忙假，想起爬墒沟，想起在农田里逮鱼的日子。

逮"吃水"

如果雨不是太大，当然停了更好，放水的口子边就会聚拢一帮少年。他们手持鱼叉，或是操着趟网、抄网、兜网，逮那"吃水"鱼来了。

里下河的雨季总是由着自己的性子，恣意而为。入了梅，那雨也就不期而至，说下就下，有一股不屈不挠的韧性，还有一种肆无忌惮的放纵。

秧已插完，也都"醒"来，正以一种新的方式蓬勃生长，田野又是一片葱绿。秧苗太需要雨水滋润了，然而雨并没有停息的迹象，才一会儿，秧苗就被淹没了。

此刻，农人会扛着铁锹，冒着密密雨帘，到田里开埂放水，先挖开总渠，再把支渠与总渠连通，最后将田块打开缺口。这样，秧田里的水先流到支渠，再流到总渠，最后流到河里。

　　水或急或徐地流淌着，这取决于雨量的大小。如果雨不是太大，当然停了更好，放水的口子边就会聚拢一帮少年。他们手持鱼叉，或是操着趟网、抄网、兜网，逮那"吃水"鱼来了。

　　鱼有溯流而上的习性，喜欢逆水行走。或许秧田放出的水中带来许多食物，流水很快引来了成群的鱼儿。它们先是在远处觅食，有的带试探性的，像鲫鱼，动作很是小心；有的胆子稍大，像鲌（bó）鱼，逮着目标就吞；有的简直放肆了，像鳘（cān）鱼，全然不把危险放在眼里；有的肉食性鱼类，像黑鱼，则远远地躲在外围，伺机而动。但觅食只是少数，也是暂时的，更多的鱼儿，更多的时候，是把"吃水"当作一大乐事，那是与生俱来的天性。慢慢地，它们往放水口汇集，并且执拗地向水的源头前行，争先恐后，不甘示弱。那么高的一个水头，有的都窜到田里去了，有的则跳到岸边。

　　岸边少年早已摩拳擦掌，这当中就有我，还有表哥。

表哥是公认的戳鱼高手。就在我惊讶于鱼儿怎会那么傻的当儿，表哥忽地朝远处飞出一叉，一条黑鱼成了战利品。我刚把黑鱼取下，表哥又把目光移到跟前，一叉过去，竟戳着三条鲫鱼。此时，趟网、抄网、兜网是派不上用场的，他们偶一出手，常会把鱼吓得远远的，半天不见影儿。也别着急，只要流水不断，鱼儿还会游回来。

不过，这样捕鱼未免不太尽兴，那么多人聚在一起，倒像看热闹了。有时盯住一个目标，常常几种渔具一齐上，这就"打架"了。渐渐地，鱼也不敢近前。雨忽又大起来，大家只好散了。

总有一个会留下来，等别人都走了，他就在放水口两侧，挖上稍高于河面的浅浅水塘。这是干吗呢？等着吃水的鱼儿往里跳呗。水塘刚挖好，还没做修整，就听"扑哧"一声，一条鲫鱼跳进来了。不要急着去捉，马上又会有鱼儿跳了。你只要愿意，不怕淋雨的话，可以静坐一旁，慢慢欣赏鱼儿跃动的优美身姿，直到天黑，满载收获回家去。临走，再把水塘四周垒高些，夜里吃

水的鱼儿会跳得更欢。虽说不用守候，但最好天亮前早点去，指不定有早行人无意碰上了，来个顺手牵"鱼"，你就亏大了，又不好说人家是偷的。

逮"吃水"的时间不会太长，随着外河水位的上涨，农人要把口子堵起来，往圩外排水。那样的话，逮"吃水"

也就结束了。

也别遗憾，逮"吃水"不一定都在梅雨季节。有年冬夜，我和弟弟去外村看电影回来，路过一个排干水捉完鱼的鱼塘，依稀听到流水声，手电筒往塘里一扫，哇，好多鱼，几乎全是黑鱼。原来黑鱼能长时间钻到泥里躲藏，遇有流水刺激，又"溜"出来了。我们啥都没带，也不怕冷，干脆脱下裤子当鱼篓，足足捉了一裤子鱼。事后才知道，是有人偷偷挖了坝头放水，他还没来得及收鱼，就被我们截了。心里窃喜，可后来想想，还是觉得怪对不起人家的。

兜 网

这兜网确实做大了,孩子们无法做到像大人那样潇洒地操作。没谁提醒,一人力气小,那就两人合作,一人抓住一根操竿就是了。

水乡少年有玩不够的游戏,尤其在夏天。可以从桥上往河里跳,比谁的胆量更大;可以来个游泳比赛,比谁的速度更快;可以捉迷藏,比谁的水下耐力更久……然而,大人是不许这样胡闹的。他们会教训孩子,从桥上往下跳多危险,摔坏了咋办?他们还会吓唬孩子,河里有水鬼有水獭(tǎ)猫呢。那么,这漫长而炎热的夏季又该如何打发呢?

有人想到另外一种玩法,那就是兜网,俗称码头网。兜网没有现成的卖,要花工夫去做。如果谁家有个巧手姐姐，会让大家羡慕的。姐姐会在弟弟的央求下，帮着编织做兜网用的网衣。母亲可不像父亲那么"凶"，常会顺着孩子，买上几框尼龙线。姐姐则起早带晚，用细细的梭子，窄窄的帮子，织那密密的网眼。弟弟也变"乖"了，帮着上梭子。织网是个慢活，得花好多天。姐姐已是家里的劳力，要做的事多呢。姐姐一忙，母亲也会在孩子的撒娇下，拿着梭子"顶"上去。这样一来就快了，十天八天，网衣就织好了。这时父亲出场了，忘了曾经的严厉，翻出破旧的泡沫拖鞋，把它切成一个个长条作"浮子"，又到铁匠铺打上几十个"脚子"，再找两根长长的竹子当作"操竿"。做这些时，父亲虽说绷着脸，手中动作传递的信息却是温馨的。在这气氛感染下，母亲从容地将浮子、脚子装上去，操竿扣上去。这样，一张三四米长、一米多高的兜网就做好了。

　　少年已经急不可耐，抓住操竿举着兜网就要到河边去。他没想到，装了脚子的兜网竟然沉甸甸的，虽说举起了兜网，步子却是趔趄（liè qie）的。父亲难得调侃，还要吃几年饭呢。少年赧颜，姐姐窃笑，妈妈则自责，这网做大了，小点就好了。好在还是父亲解了围，许是自己也想一显身手。他从儿子手中接过兜网，吩咐道，拿着鱼篓跟我走吧。父亲来到河边，一手抓住一根操竿，高高举起兜网，尽量往远处伸，往两边拉，然后丢下网，等脚子沉到河底了，就摁住操竿，将网慢慢往岸边移。这一网收获颇丰，鳑鲏、罗汉儿、鳌鲦、鲫鱼、沼虾……少年正兴奋地看着一地活蹦乱跳的鱼虾，他的一帮小伙伴们围拢过来了，有的帮着捡鱼，有的痒痒地也想来一把。那父亲干脆放下兜网，让孩子们自己玩去。

　　毕竟还是少年，再者这兜网确实做大了，孩子们无法做到像大人那样潇洒地操作。没谁提醒，一人力气小，那就两人合作，一人抓住一根操竿就是了。他们小心翼翼地举起兜网，学着大人的动作。虽说不那么协调，甚至手忙脚乱，但能捕到鱼就行。大家轮流"过把瘾"，比试哪个组合捕获的鱼更多。

　　老是做同一个动作，时间长了，又觉枯燥，那就找

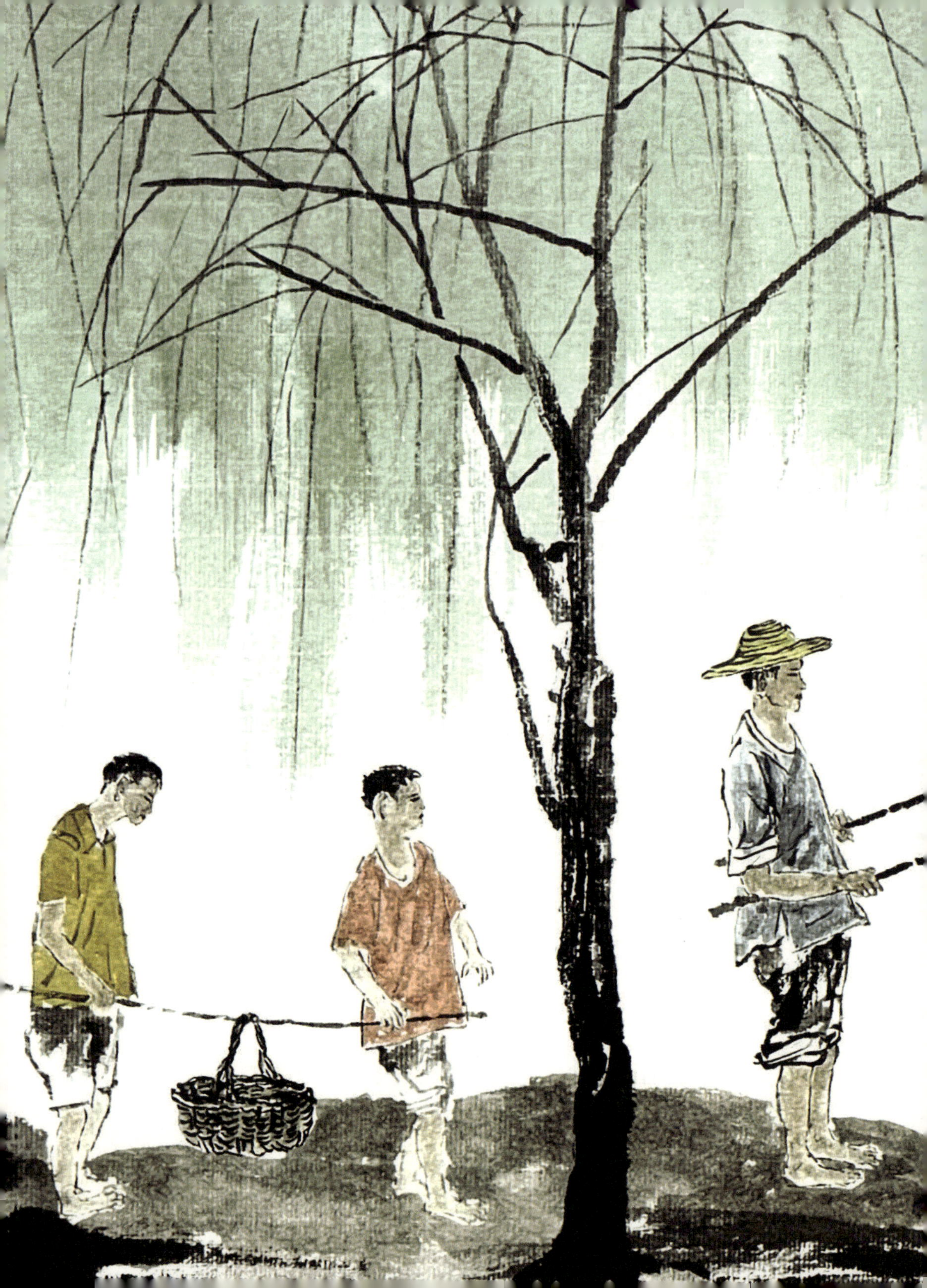

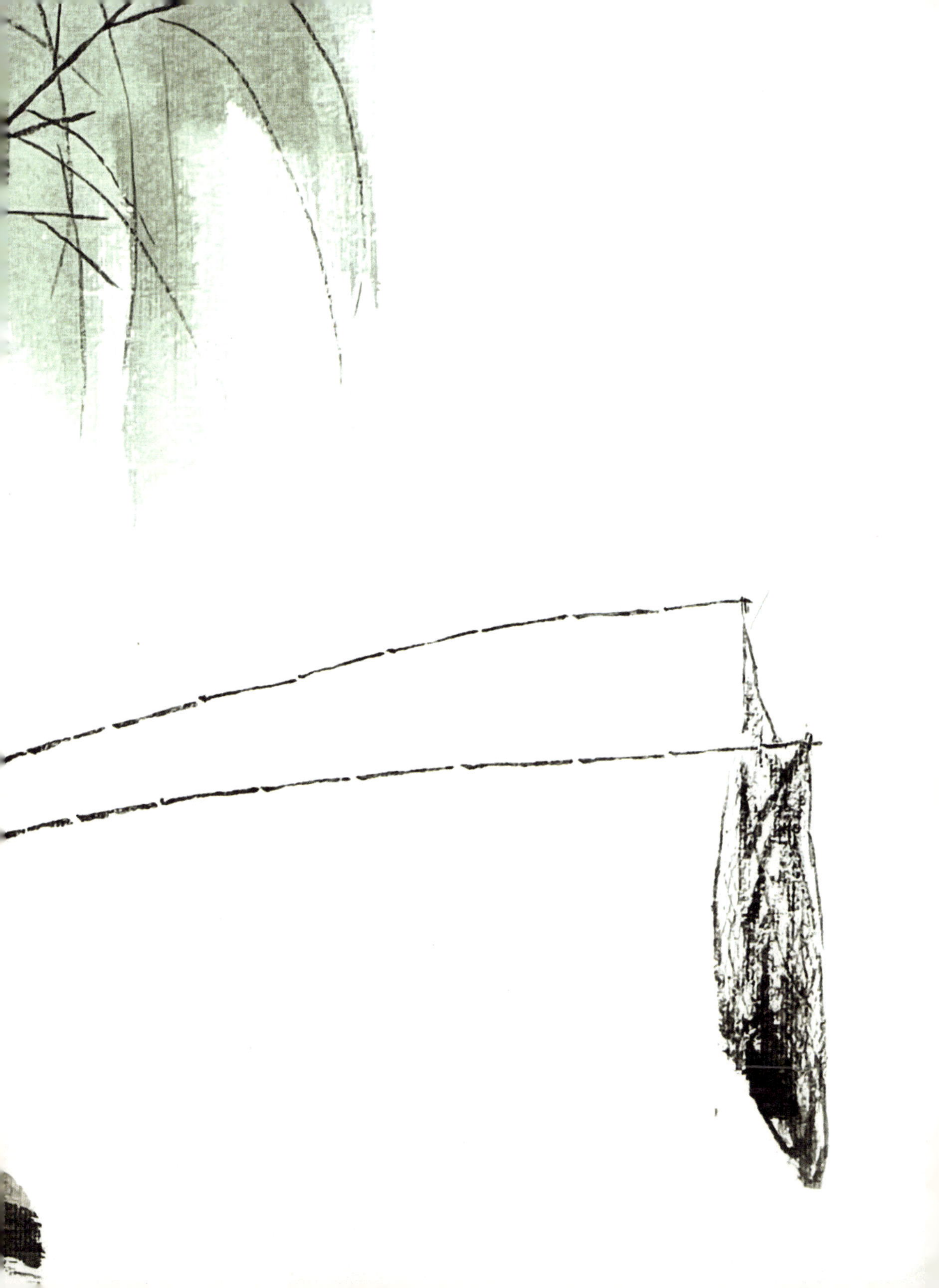

点新花样。这不，机会来了，不远处的河面忽然骚动起来，小鱼急速地逃窜，虾米不安地跳跃，有人小声叫起来，快看，黑鱼乌仔——果然，一趟黑鱼乌仔正款款游来，隐隐地还看到护窠的大黑鱼呢。早有大一点的孩子抢过兜网，拦头抄过去。亲黑鱼[1]是狡猾的，一有动静，早逃之夭夭。它的一趟儿女可没那么灵活，稀里糊涂就成了"俘虏"。孩子们欢呼雀跃，提着兜网就回家了。

  他们找来一只大木桶，盛上清水，把乌仔倒进去。乌仔一个个又鲜活地游动起来，还不时好奇地把头伸出水面，唼喋（shà zhá）[2]着，似在说些什么。捉这些乌仔干吗？氽汤喝呗。听大人说，那汤可真叫个鲜啊，直戳你的舌头。说不出为什么，小时候我是不敢喝黑鱼乌仔汤的。

---

1 亲黑鱼：亲鱼即种鱼，指有繁殖能力的鱼。亲黑鱼也就是作为亲鱼的黑鱼。
2 唼喋：此处形容鱼吃食的声音。

虾罾

扳虾罾的常常是些孩子，或许是大人用此"慢"住孩子淘气的性子吧。孩子们是不顾这些的，有玩的就行。

虾罾（zēng）似乎不能算作专业的捕捞工具，至少在我的记忆里还没见过有谁靠此为生的。其实，在重复、单调而乏味的劳作之余，偶尔找点刺激，放松放松心情，未尝不是一件好事。这不正是现代人追求的一种生活方式吗？

通常情况下，渔人对制作渔具是很讲究的，认真而投入，像艺术家对待自己的作品。而制作虾罾就不一样了，有点敷衍的味道，材料是简陋的，方法是简单的，就连作业也过于简捷。也许虾罾被赋予的娱乐性太重了吧。

找一块米把见方的网片，网目越细越好，实在没有，旧蚊帐也行，用绳子把四个边包裹着串起来，就是罾网了。罾架呢，最好是两根柔性较好的篾片，十字形交叉相连，末端与罾网的四个角固定起来。这虾罾就做成了。也有用大网目的网片做罾网，或是用竹竿做罾架的，但

捕获的虾子总不见多，何故？只有亲手操作才会知道其中的奥秘，这可不是故弄玄虚。

里下河水乡有数不清的河，每一条河都可以扳虾罾，但人们更愿意选择庄前屋后，图个方便应是最好的理由。扳虾罾的常常是些孩子，或许是大人用此"慢"住孩子

淘气的性子吧。孩子们是不顾这些的,有玩的就行。他们把虾罾提到河边,一看,还不能使用,差扳杆呢。没有谁着急,很快就有人拿来了一根竹竿,还有铁环、绳子。他们熟练地把竹竿的一头扣在罾架上,铁环、绳子也系上。铁环是当坠子用的,好让罾网快点沉到河底;绳子是牵引用的,好把罾网吊离水面。竹竿的另一头则支在岸边。

扳虾罾与扳蟹罾、扳大罾有一点不同,别的罾大都靠拦截,虾罾却是要用诱饵的。这诱饵也简单,干面团子就行。孩子们有时玩点新花样,干脆就着河边摸几只蚌儿,敲碎了扔在罾网里,那虾儿闻着腥味自会游进来。

罾网支好了,可以坐在河边等,也可以回家歇会儿再来。这是个慢性子的活儿,你瞧虾子本身就是一副慢条斯理的模样,扳虾罾也就急不得了。等待的过程是漫长的,孩子们早就急不可耐了,慌慌地扳起虾罾。那罾架在水的作用下,竟柔柔地垂下,罾网由于网眼"护"水,变成了一个深深的网袋。罾网渐渐露出水面,先是看到几条小不点鱼儿在网中乱窜，尔后才看到虾子，虾子极力蹦跳着，但已无济于事。原来，虾子受惊后是急速倒退着行走的，而四周已形成了"围墙"，除非插翅，实难逃脱。这下你该揣摩出罾网的网目为什么要细，罾架为什么要柔了吧？

如果一直这样，半天扳上一罾，又没几只虾子，那有什么意思，还不如玩点别的呢。别急，又有人拎着虾罾来了，陆陆续续的，河边竟有五六处虾罾了。如此，也就留得住人，可以依次扳，透着新奇，不觉枯燥。

捕获的虾子大都留着自己吃，量多的话可以用盐水煮了，晒干慢慢享用。小时候印象最深的是比试着吃炝虾，也就是醉虾，不是比谁吃得多，而是比谁吃得更完整。虾也不用剪，加点酒，搁点盐，倒上酱醋，拌匀了就可吃了。想把炝虾吃完整了是需要基本功的，吃多了也就熟能生巧了。我们吃了炝虾，把虾壳有序地排放在桌上，外人一看还以为是活的呢。

罩青窠

罩青窠是专捕筑巢产卵的黑鱼的。渔人在青青苇丛中做好"窠儿"引诱黑鱼,黑鱼见有现成的,自是求之不得。

总有一些记忆会被我们淡忘,总有一些已经淡忘的记忆,因了身临其境,而又蓦然想起。那天回老家,在得胜湖边,只是看见一丛芦苇,一条罩鱼的渔船,一个戳黑鱼的乡村少年,我就忽然想起"罩青窠"的事来。

说来有趣,知道罩青窠,纯属偶然。上中学时,每逢星期天,我们常常喜欢到湖里去玩。记得是夏日的午后,我和阿根撑着小船去的。阿根比我长两岁,看上去已经像个大人了。我们在河道里张下丝网,然后把船撑到苇丛深处,一边崴(wǎi)船,一边吆喝,一边挥篙击水,目的是把苇丛里的鱼儿赶出去。不一会儿，就听到鱼儿触网的水声了。也是高兴过头，正收着网，旁边突然冒出一条船来，冲着我们就是一顿怒吼，说是干扰他们了。我不服气，关你什么事？阿根连忙拦住我，忙不迭地打招呼。我挺纳闷，阿根平时可不是这样的。等对方骂骂咧咧地离开，阿根才告诉我，他们是罩青窠的，不能有大动静，你再看那个头，真打起来我们要吃亏的。

吃亏不吃亏，我不想争辩，倒是对罩青窠来了兴趣，因为我不曾见过。阿根不屑一顾，罩青窠有啥意思，半天罩不到一条，把性子都弄没了。可我却是好奇，就激他，别吃不到葡萄说葡萄酸了，你会吗？阿根也不生气，笑着说，下次我们再来，我爸经常罩青窠，信不？

再来的时候，小船上多了一张阿根家的鱼罩，鱼罩上刻意蒙上了一层渔网，还有一把长柄的弯刀。我们选了一处偏僻的长满芦苇的湖滩，撑船进去，阿根用弯刀挨着湖底割去一片芦苇，形成一个直径一米多的圆圆的空塘，再在塘面布些水草，最后又栽上三根芦苇。阿根忙碌着,而我只有看的份儿,一点也插不上手,更不知那些布置何意。阿根说,这是给黑鱼做窝呢,那三根芦苇呀,就叫"黑鱼签",晓得吗?我哪在行,由着他卖弄呗。

阿根说了声好了,叫我把船稍稍后退,船头对着塘口。我只有当阿根的下手了,他在船头罩鱼,我在船艄掌舵。阿根怕我不懂,又面授机宜,说看我的手势,到时你只要把船轻轻一撑就行了。

接下来就是慢慢等待,我们屏住呼吸,尽量不弄出一点声响。阿根两眼死死盯着塘口,我则紧紧抓住竹篙。也不知过了多久,我都有点乏了,阿根忽然招了招手,我赶忙用力撑船。只见阿根猛地将鱼罩摁下,随即就是一阵激烈的水花,鱼在罩里乱撞了。不过,这一罩只罩了一条黑鱼。阿根说,应该是两条的,只怪你把船撑得太急了。

原来,罩青窠是专捕筑巢产卵的黑鱼的。渔人在青青苇丛中做好"窠儿"引诱黑鱼,黑鱼见有现成的,自

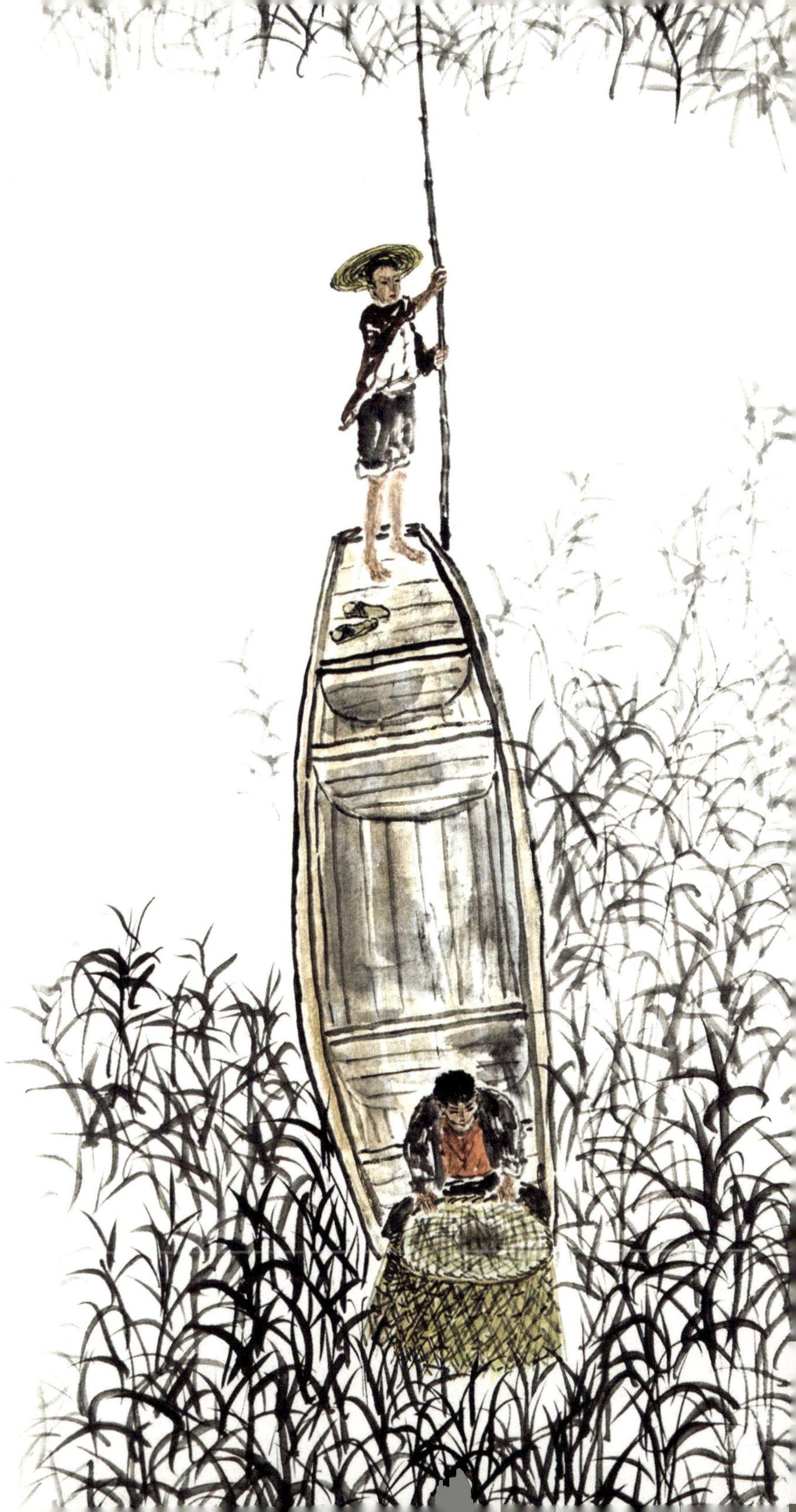

是求之不得。黑鱼在塘里追逐求爱，一旦碰到三根芦苇，渔人也就知道它的行踪，赶快去罩了。至于鱼罩上蒙着一张网，那是怕黑鱼窜出去。

就像我们曾打搅别人一样，有时我们也怕被别人打搅。阿根想了个主意，在湖滩上竖根长长的竹竿，上面扣个草把，算是一个警示标志。这样一来，果然好多了。

我对阿根挺佩服的，可心里还是有点不服气，你是看到黑鱼签动了才罩的，夜里你试试？阿根轻蔑一笑，那还不简单，在签上各插一炷香就是了。

正想着这些事儿，戳黑鱼的少年向我走来，手上拎着两条黑鱼。好面熟啊，我差点就叫他阿根了，可他不是阿根，也不会是阿根的孩子。我问他，你会罩青窠吗？少年一脸茫然，摇摇头。是啊，没了芦苇荡，哪里还有罩青窠的地方呢？

钓鳑鱼

河埠头是钓鳑鱼最好的地方。许是淘米洗菜给它们提供了饵料，要不就是天性也爱热闹，鳑鱼喜欢聚集在河埠头周围。

乡下孩子几乎都有钓鳑鱼的经历，这似乎是捕钓的基础课。学会了钓鳑鱼，其他方式的捕钓也就触类旁通了。

鳑鱼，也叫鳑鲏，是最为常见的一种小型淡水鱼。里下河水乡的哪一条河道里没有鳑鱼呢？成趟的，闲散的，大个的，小不点的，多了去了。如果要问水乡的孩子，你认识的第一种鱼是什么，你钓的第一种鱼又是什么，他们十有八九会说同一种鱼——鳑鱼。这一点也不奇怪。记得小时候去河边淘米，刚把淘箩放到水里，鳑鱼就闻着米香围过来了，摁下淘箩，等一等，再猛地一提，少不了会有几条鳘鱼。这自然是闹着玩的，想要过把瘾，那就得去钓了。

钓鳘鱼于孩子们而言，又恰恰是无师自通的。从妈妈的针线匾里偷一根缝衣针和一截纳鞋底的棉线，把缝衣针在油灯上烧红了弯成鱼钩，再从屋后的草垛上抽一根芦柴做钓竿，棉线穿过针鼻打个结，系到芦柴上，这钓具就成了。浮子要不要无所谓，反正一眼就能看到鳘鱼是否上钩。诱饵是必不可少的，蚂蚱、苍蝇、蚯蚓都行，找不到这些了，也可揭开锅盖抓个饭团，用饭粒做饵。

河埠头是钓鳘鱼最好的地方。许是淘米洗菜给它们提供了饵料，要不就是天性也爱热闹，鳘鱼喜欢聚集在河埠头周围。孩子们拿着简易钓具，或站在河岸边，或蹲在埠头上，见着鳘鱼，把钩抛过去，鳘鱼不假思索，逮着就吃，这时将钩一提，鳘鱼就钓着了。

河埠头钓鳘鱼好是好，可常常惹来大人的斥责，碍手碍脚的。再说老在一个地方钓也没意思,孩子们会到别处去,小桥下,谷场边,菱塘里,也是蛮不错的。在这些地方钓鳌鱼,孩子们就有点放肆了。他们抓起一把碎泥撒到河里,鳌鱼听到声响就游过来,以为会有吃的,可转了转,并没什么。正欲离开,眼前忽然出现美味,鳌鱼哪知是诱饵呢,自想饱餐一顿,稀里糊涂就上了钩。

有时,孩子们也会来点恶作剧,当然是男孩子了。他们看到对面来了几个女孩,就往河里撒尿,比试谁尿得更远,谁尿得更高。女孩们有的羞红了脸,躲得远远的;有的刮着鼻子,一个劲地说着,丑煞咯丑煞咯;还有胆大一点的折根树枝,挥舞着冲过来,佯装要打。男孩们半是讨饶,说下次不敢了;半是狡辩,说这是引鳌鱼呢。你还别说,一泡尿真的把鳌鱼引来了,孩子们也不打闹了,赶快钓鱼去。

因为是缝衣针做的,这样的鱼钩也就没有倒须,鳌鱼经常脱钩。虽说挑担换糖的就有倒须钩卖,也就两分钱一把,可孩子们舍不得花钱买,也不敢跟爸妈要。有

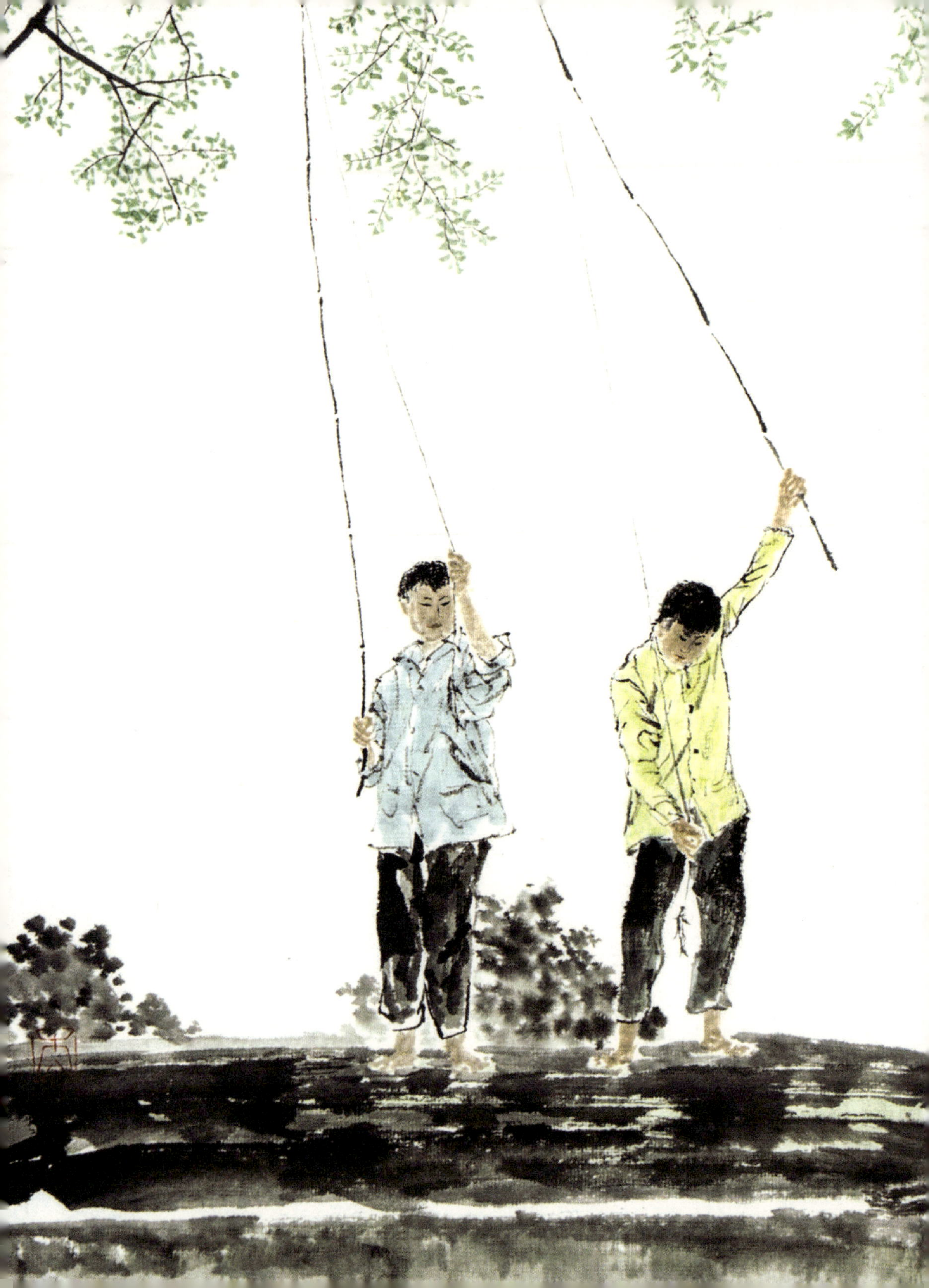

人就从家里"偷"来鸡蛋换鱼钩,一个鸡蛋五分钱,可以换三把鱼钩。换糖人经不住央求,给多饶了点。

用上了洋玩意,那就顺当多了,可以做一次钓䱗鱼的远行。沿着河道,一路钓去,再难见鱼儿脱钩了,一饵一条,一饵数条,是常有的事。偶尔也会看到浮在水面"晒阳"的小黑鱼,把挂着诱饵的鱼钩甩在它的前头,小黑鱼"腾"的一下就吞钩了。

过不了几年,孩子们就不屑于钓䱗鱼了,觉得自己已经长大,该玩玩别的钓法,钓别的鱼去了。

芦柴钩

> 单竿钓鱼总觉得不过瘾,晚上又那么无聊,孩子们就想到张钩,张更多的钩,钓更多的鱼。

想起我们小的时候,好像没听说有谁不会钓鱼的。钓具都是自做,钓饵随处可找。哪像现在,什么都要到渔具店里买。

钓鱼只是个名,玩才是真的。因为钓的都是小鱼,鲨鯈、鳑鲏、麦穗鱼,偶有黄鲨、鲫鱼上钩,就高兴得不得了。这样的钓鱼也就白天玩玩,还要看季节,冬天是没人钓鱼的,即使是夏天,晚上也没有人钓。如果有谁晚上也钓鱼,那就不叫钓,而是渔民所说的"张"了。

单竿钓鱼总觉得不过瘾,晚上又那么无聊,孩子们就想到张钩,张更多的钩,钓更多的鱼。钓具还像原来那种,仍旧自己做,只是竿短了,线也短了。

钓竿好说,屋后草垛上抽几根芦柴,撅成筷子那么长的一段,想要多少就备多少。问题是那么多鱼钩从哪来,总不能买上几包缝衣针一根根烤吧?孩子们有的是办法。买当然最省事了,只是舍不得花钱;取巧的是跟渔人"匀",话说得好听,其实就是"讨";简便的是换,找出甲鱼壳鸡内金,还有鸭毛鹅毛,跟挑担换糖的去换。

有了竿,有了钩,还差线,也好办,有的是妈妈纳鞋底的棉线,再不就跟织渔网的渔姑讨要,这就齐了。把线剪成庹(tuǒ)[1]把长一截,一头扣上钩,一头系到芦柴上,顺势绕好,一竿钓具就成了。孩子们随口叫它芦柴钩,一次做上几十把、上百把甚至更多。

接下来就是挖蚯蚓了,墙角边草垛旁有的是蚯蚓,随便挖上几锹就够了。把钩穿上蚯蚓,挨个儿放到竹篮或铁皮桶里。这时差不多快到日落时分了,拎起芦柴钩

---

[1] 庹:一种约略计算长度的单位,成人两臂左右平伸时两手之间的距离。

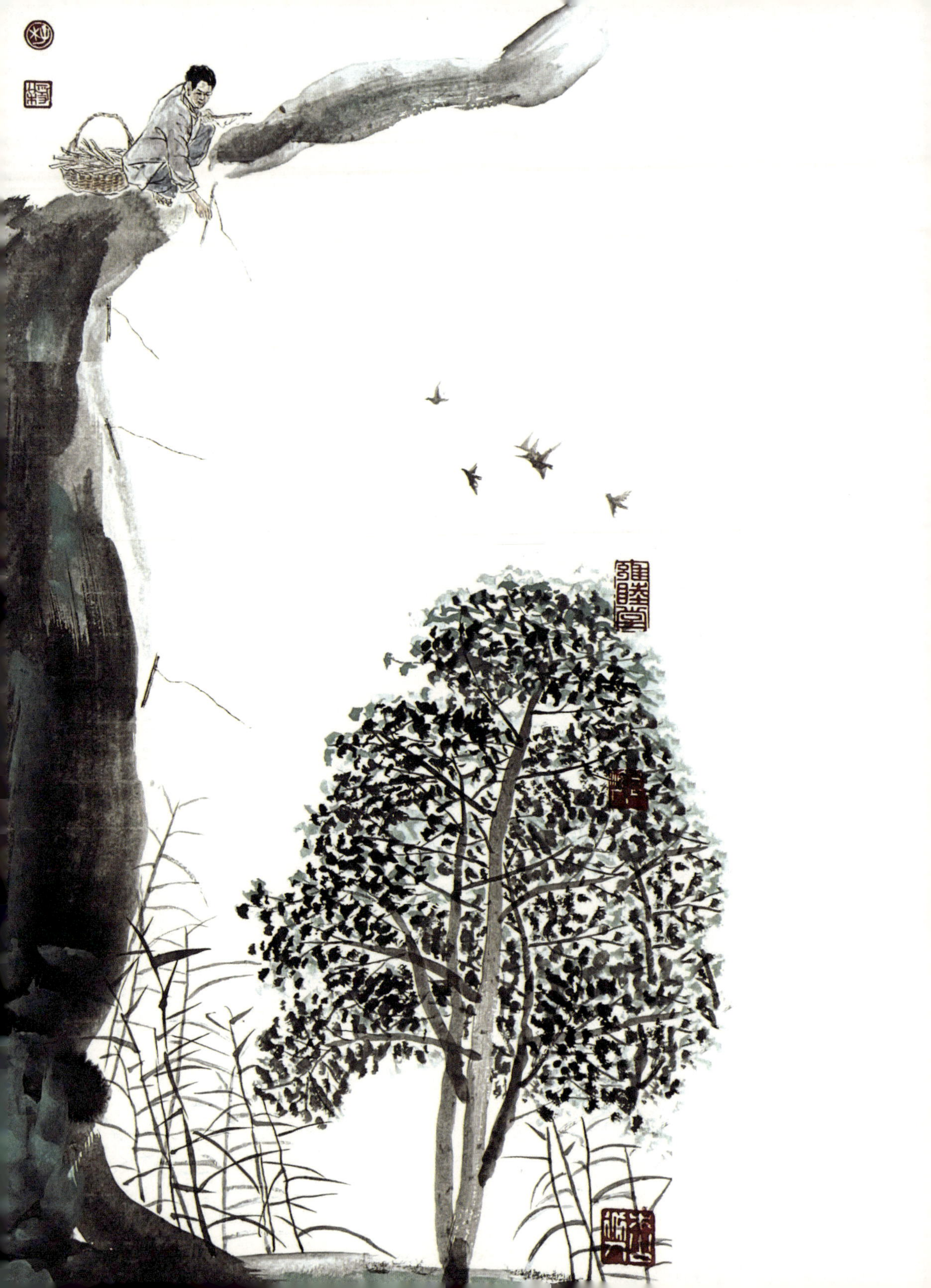

就走，或到圩堤边，或到垛田间，或到小河旁。看好一个地方，取出一把芦柴钩，打开钓线，把钩抛到水里，钓竿插在水岸边。再走几步，插上一把，这样一路走下去，插下去。

等把所有的芦柴钩插完，天也快黑了，赶紧回家吃晚饭。因为钩是要在水里过夜的，孩子们心里老是不踏实，猜想有多少鱼上钩，还担心会不会有人偷鱼。所谓做贼人防贼人，自己就曾干过，也就怀疑别人。再说了，顺带不为偷，看到河边有无主的钓竿，出于好奇，拔起来看看，有鱼谁不要呢？

天还没亮，孩子们就心急地起来，一溜小跑去收钩。慌慌地拔起第一把钩，有鱼，是条鲫鱼，好兆头；第二把是条黄鲞，还好；第三把，落空；第四把又是，心开始往下沉，好在下一把又上鱼了，这次是虎头鲨。钩上有鱼自然高兴，只是退钩取鱼有些麻烦。方便退钩的是黄鲞、鲫鱼，吃钩浅，大多在嘴边；费事的是鳗鱼、黄鳝，还有昂刺鱼，钩都吞到肚里了，只好掐掉，怪心疼的；

最怕碰到刺鳅，蜷成一团，奓（zhà）着刺，像个刺猬，让你没法下手。

收钩常有趣事。有时一把钩提不上来，以为勾住了水草杂物，顺着钓线往下摸，终点竟在一个洞口，肯定是黄鳝了。再慢慢拽，黄鳝大多能拽出来，有的怎么也拽不出来，就得用手抠了，这样的黄鳝都是大家伙。有时拔起芦柴，钩不在水里，倒跑到岸上了。正纳闷呢，收收钓线，没想到缠在油菜秆上了，扒开一看，是只甲鱼。

孩子们兴冲冲地回家，正准备把钩补齐，还以为爸妈看了渔获会表扬，哪知挨了一顿责骂，草垛怎么乱糟糟的，墙角是谁翻了土，家里留着卖钱的鸭毛鹅毛哪去了。说是骂，其实也就絮叨几句，走个过场，想想自己小时候不也这样吗？或许若干年后，挨骂的也会这样骂他的孩子吧？

绰 网

像拉拖网一般，把绰网从沟的口端向沟的深处缓缓前行，在渔网驱赶下，鱼儿也跟着前行，等到发现没路可走时，想往回逃已是不可能了。

小时候，只要天不是太冷，我们总喜欢抓条毛巾到河边洗脸。河水漱口，甜甜的；河水洗脸，爽爽的。洗脸的当儿，看到小鱼小虾在眼前游动，常会把毛巾当渔网，抓住两头一绰，总能兜住几条。

毛巾太小了，真正玩起来显然不过瘾。这时，有人就会找来旧蚊帐，裁成长方形，窄的两头包在竹竿上，宽的两边穿上绳子，上下左右适当收缩，形成网兜状，一张绰网就算做好了。

这就需要两个人了，一人抓住一头的竹竿，可以从河心向河边包抄，也可以沿浅水处一路向前，想什么时候收网就什么时候收网。因为是蚊帐改造的，网眼太密，阻水就大，稍大的鱼虾早跑了，剩下的净是些小不点。此时收获多少已不在乎，图的是个乐趣。

当然了，谁在玩乐的时候不想多捞点鱼虾呢？那就要编织一张大网了。编织要有原料和工具，工具不必愁，无非是帮子、梭子，可以用竹片现做，难的是原料，这原料是尼龙线，要花钱买。可哪来的钱呢？羊毛出在羊身上，只有靠捕鱼卖钱了，跟大人要那是断断不可的。好在难不住我们，水乡孩子最初的劳动收入大概都是靠捕鱼摸虾而来。他们无师自通地掌握了无数的捕鱼技艺，可以借助工具，如趟网、丝网、兜网，也可以就凭双手，如抠螃蟹、摸"呆子"、拾田螺……

削好了帮子，雕好了梭子，买来了尼龙线，可以来个编织接力赛，上午我织，下午你织，晚上他织；也可

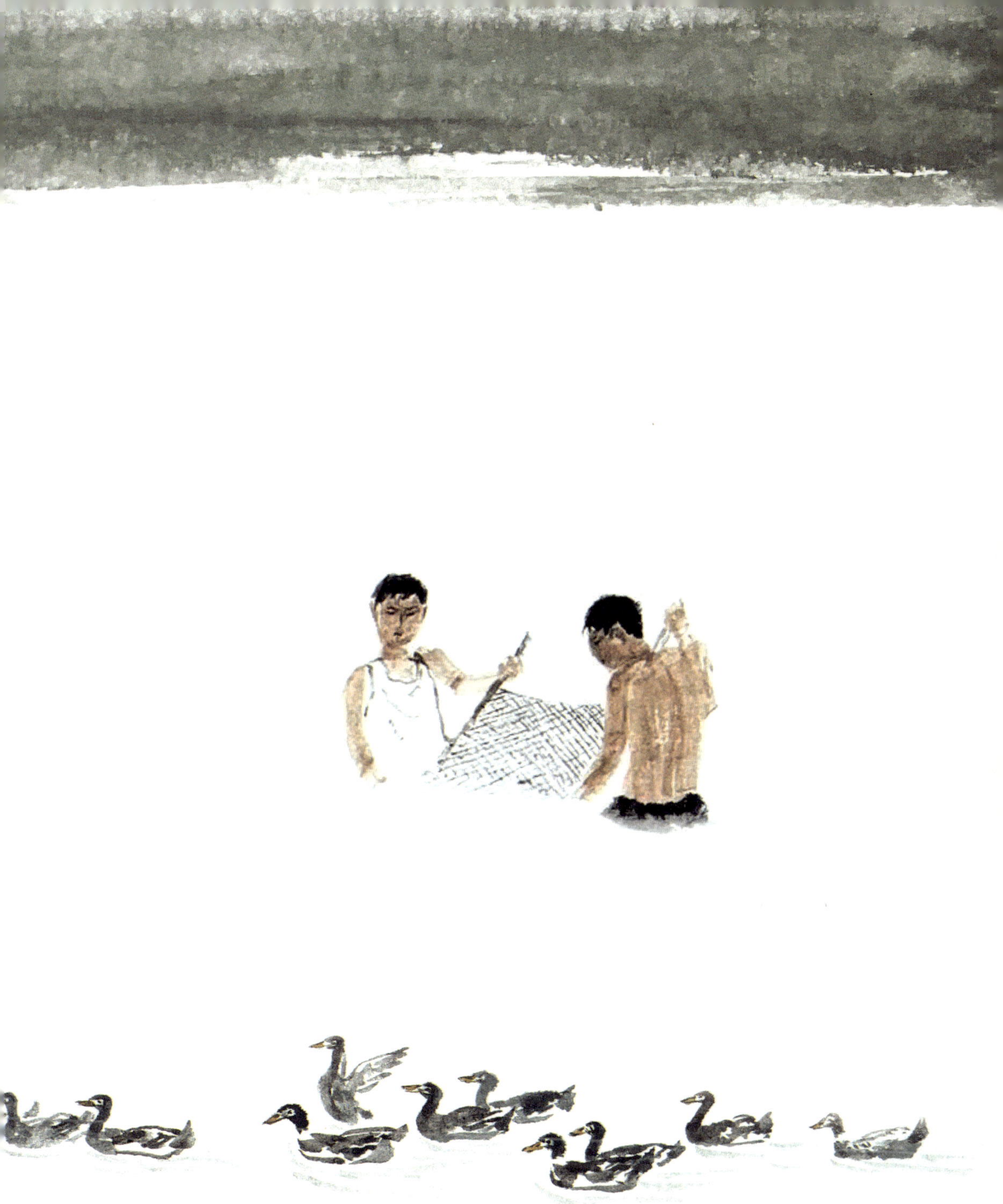

以分头编织，每人完成一截，最后拼接，用不了几天，新绰网也就完工了。

因为"武器"先进了，欲望也就更大了，此时已不满足于小打小闹。又因为这张绰网属于"集体"资产，并不由哪一个人说了算，一番吵吵闹闹，总算商定了，咱们就到湖里去。不管湖面多宽，网片多大，绰网也还是两个人的活儿，同去的人可以轮流着换换手，也可以只负责捡拾鱼虾。湖面太宽也不是好事，鱼儿容易逃窜，而逃走的鱼儿在想象中总是最大的。每每碰到这种情况，总会响起一阵惊呼声、惋惜声。也有办法弥补不足，那就是换个地方，无须走多远，就在湖边的垛田间，垛与垛之间的"U"形沟汊，是绰网最好的用武之地。像拉拖网一般，把绰网从沟的口端向沟的深处缓缓前行，在渔网驱赶下，鱼儿也跟着前行，等到发现没路可走时，想往回逃已是不可能了。

绰网还有别的用法，那是在梅雨季节。没日没夜的大雨把秧苗都淹没了，等到农人挖开田埂往外放水时，我们会把绰网支在放水口，等着田里的鱼儿顺水而下，有鲫鱼、鳘鲦，也有泥鳅、黄鳝。而最热闹的场地则是在排涝站的出水口了。当河水猛涨，水势威胁到农田安全时，农人会放下圩口闸，打上活口坝，启动排涝站往圩外排水。巨大的动力带来巨大的排水量，也会"吸"走大量的鱼儿。此时，我们又有了更大的野心，把绰网拦在出水口，专等被水裹挟的鱼儿入网。隔一会儿，把网提起来看看，常常会有被螺旋桨片打伤的大鱼，草鱼、鲤鱼、鳊鱼、鲢鱼……因为鱼多，又是在行人必经的圩堤下，看热闹的也多。可这是"守株待兔"的玩意，没多少技术含量，完全碰运气。当然了，这种方式的捕鱼也已失去了绰网最初的"绰"的功能，但捕鱼只管收获，还有快乐，谁还在乎什么名正言顺呢。

戳黑鱼

太阳偏西了,少年扛着鱼叉,鱼叉上挂着一串黑鱼,迈着轻快的步子,兴高采烈地回家去。每一条捕获的黑鱼都有一个故事。

虽说是水乡,里下河的夏日也还是蛮热的,尤其是在无风的午后,河水没有一丝波痕,树叶没有一点动静,田里也少见农人,只有蝉儿烦躁地叫着,热啊——热啊——

也有不怕热的,那是戳黑鱼的。他们才不管呢,不怕天太热,就愁天不热。乡村少年手持一把鱼叉,肩搭一条毛巾,头戴一顶草帽,单选那毒日头,好去戳黑鱼。于是,圩堤旁、垛田里、湖荡边,常会看到三三两两的戳鱼人。他们不喜欢组团作战,大都是单兵突袭,至多跟一个帮手。

鱼儿都有晒阳的习性,有成群的,有独处的,表现最明显的则是黑鱼。太阳把河水晒得滚烫,鱼儿似乎也给晒晕了,懒洋洋地浮在水面上,一动不动。偶有翠鸟掠过,晒阳的鱼儿这才惊慌地"扑哧"一声潜入深处,过会儿又游过来,仍旧保持原有的姿势。

戳鱼的少年早就熟悉这些了,看到一条黑鱼,都晒得发呆了,轻轻靠近,眼到手到,猛地戳去,少有虚发的,凭的是直觉。这直觉有娴熟的技艺垫底,不过,在此之前,那是少不了操练的。

戳晒阳的黑鱼没什么意思,有点单调、乏味,那鱼也不大,提不起兴趣。只有戳护仔的黑鱼才够刺激,有一种斗智斗勇的成分。

水乡的河湖沟汊里长满了各种各样的水草,那是鱼儿栖息的场所。戳鱼的少年有时会突然看到水草中的异样,像有一股暗流涌过,先是小鱼小虾慌乱地四处逃散,随即一窠黄乎乎的黑鱼乌仔很有气势地游过来。此时,

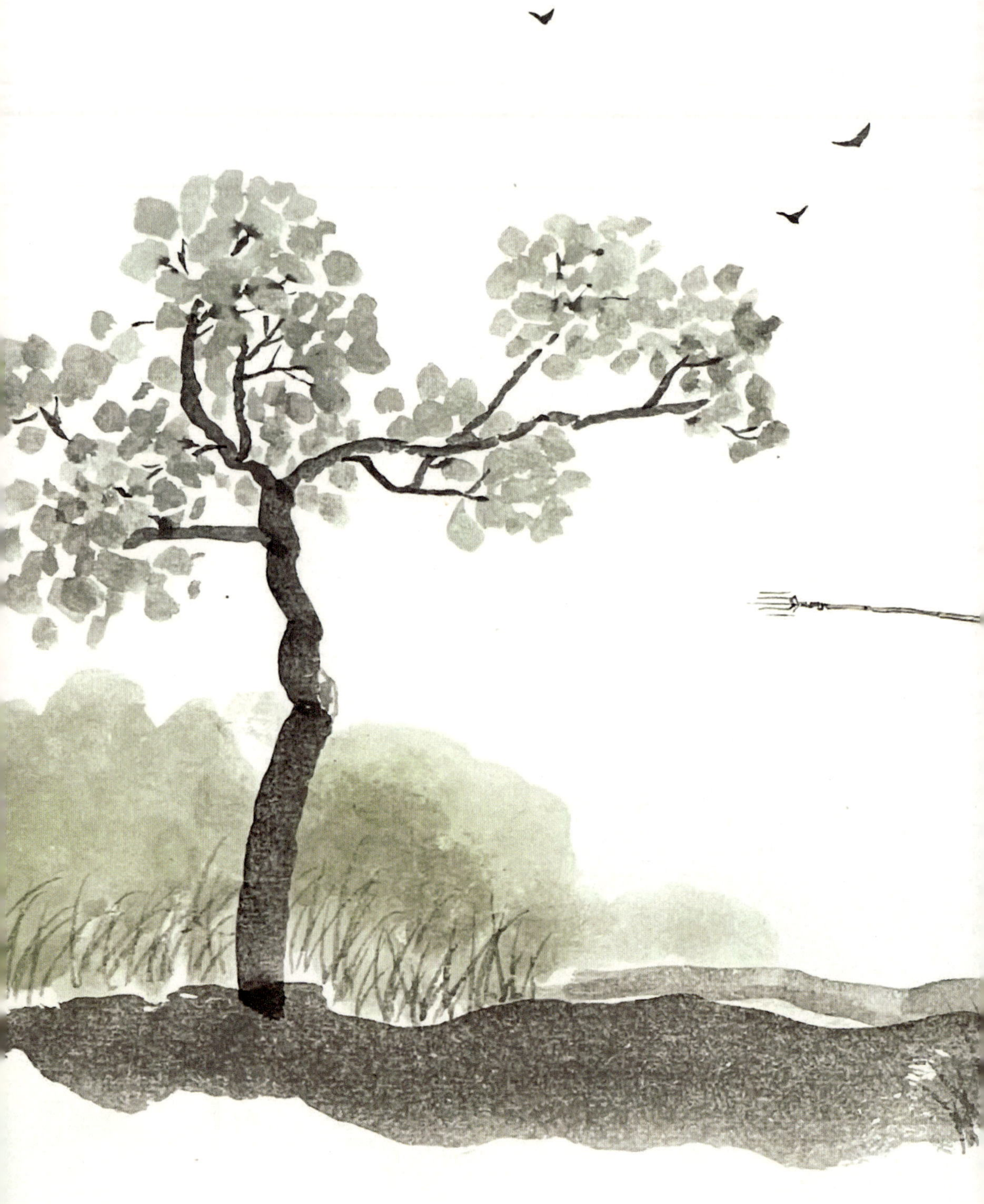

惊喜也就悄然流露在少年脸上，因为他知道，只要有黑鱼乌仔，就一定会有母黑鱼公黑鱼同时守护着它们。

　　少年屏住呼吸，猫着身子，紧张地盯着乌仔的四周，搜索亲鱼的踪迹。那黑鱼好像知道有人偷窥，迟迟不肯露面。少年只有耐心地等着。这时，水草丛猛地晃动起来，想必是亲鱼游过了，但不能轻易出击，否则亲鱼受

到惊吓会把乌仔领到别处去，也就很难再游回来。有时黑鱼会在远离乌仔的地方浮上来，甚至把头伸出水面，挑衅地对视着，等少年准备来个"飞叉"时，它却忽地一沉，留下一串气泡，似在讥讽少年的迟钝。

只要捺得住性子，黑鱼终归要进入少年的视线，游进鱼叉出击的范围。这不，一条大黑鱼在乌仔群下出现了，少年没有犹豫，飞起一叉，手感告诉他，戳中了。这还不够，因黑鱼挣扎太激烈了，以防逃脱，少年把鱼叉撅到河底，干脆跳入水中去捉叉上的鱼，顺便冲个凉。少年抓住这条黑鱼，掂掂，少不了有五斤。

并不是每次出击都有收获，有些黑鱼或许经历了太多的"劫难"，一有行人的身影和声响，要么把乌仔往河对岸领，要么躲着死活不出来，少年只能干着急。但更多的时候，黑鱼稍有松懈，成为少年的"俘虏"是早晚的事。

一窠黑鱼乌仔，少年只戳一条亲黑鱼，另一条留着，别让乌仔成了"孤儿"。这不是少年的独创，好像从来如此，也没人提出疑问，其实另一条黑鱼是很容易捕获的。

太阳偏西了，少年扛着鱼叉，鱼叉上挂着一串黑鱼，迈着轻快的步子，兴高采烈地回家去。每一条捕获的黑鱼都有一个故事。乘凉的时候，少年会绘声绘色地向伙伴们讲述，讲黑鱼如何如何狡猾，讲自己如何如何机智，结论当然是——再狡猾的黑鱼也斗不过好渔人了。

摸虾儿

湖荡或是河道的浅滩上长着一丛丛水草,有水韭菜、金鱼藻、眼子菜,伸出双手在水草丛中来个包抄,常会摁到一两只虾子,也有狡猾地从手中逃脱的。

　　水乡的孩子哪个不会凫水呢?一到夏天,孩子们常常聚在一起玩水。他们喜欢从村头的木桥上往下跳,而后在河中比试着游,那时并不知道什么转体、空翻,什么蛙泳、蝶泳之说的,一律直跳和"狗刨"。玩累了,他们就会想到去摸虾。

　　记忆里的第一次摸虾是深刻的,那是跟在大人后面学凫水的时候。大人伸开双手,你只顾趴在上面手舞足蹈,以为这样就可以学会游泳了。谁知趁你不注意,大人忽地松开手,惊慌中的求生自会激发你的潜能,手和脚都不够用了。大人看你折腾了有一会儿了，就把你提起来。你呛了几口水，哇哇地吐着，搞得很狼狈。你想怨恨大人的无情，可你不敢，再说他们自己就是这么过来的。这次"意外"让你受益匪浅，不知不觉中也就慢慢地学会凫水了。大人还教你一个诀窍，说是摸只虾子吃了，学会凫水也就快了。这其实不过是心理作用罢了，你竟以为是真的，于是就去摸虾。

　　湖荡或是河道的浅滩上长着一丛丛水草，有水韭菜、金鱼藻、眼子菜，伸出双手在水草丛中来

个包抄，常会摁到一两只虾子，也有狡猾地从手中逃脱的。摸到一只虾子，赶忙扔到嘴里，唯恐迟了，被别的小伙伴抢了先。大人并没告诉你什么虾子为好，你以为逮着虾子就吃。有的摸到的是只白米虾，吃了也就占了

便宜；可有的摸到的是只大沼虾，还是公的，没扔到嘴里，竟被那长长的钳子咬着了嘴唇，一副痛苦万分的龇牙咧嘴状，惹来河面上一阵阵笑声。吃了虾子，赶快游起来，并没有立竿见影。也就觉得受了作弄，咂巴咂巴嘴，有点淡淡的腥气，还有怪怪的鲜味，生虾其实是不难吃的。孩子们大都喜欢在水韭菜中摸，像莊（zū）草是长刺的，最好离它远点。还有趟鸭聚集的地方也不要去，挨"鸭虱子"咬了的感觉可不好，一个个红疙瘩，奇痒难忍。

渐渐地，孩子们把学游泳的事搁在一旁，专心致志地摸起虾子来。水草丛中摸完了，他们来到河边。水沿上长满了"水盐巴[1]"，还有水花生[2]，伸出河面好远。从草丛下面往上捧，虾子正贴着水草的根须悠闲自得呢，不知不觉中成了俘虏。有时干脆把草撩起来，虾子会惊慌地窜到水草上，一个个活蹦乱跳。这时，你的手就忙

---

1 水盐巴：狗牙根（又名爬根草）的一种，长在岸边，茎叶向水中延展。

2 水花生：学名空心莲子草，多年生水生草本植物，因叶子与花生相似，故名。

不过来了，需得伙伴们帮忙才行。

　　小时候，我是常在水里玩的，当然没少经历这样的事。也许是垛上人吧，我更喜欢在荒垡垒起的河坎边摸虾。庄户人家常常到荒田里挖些带芦根的泥垡，垒放在河岸，起保护作用，类似于现在的驳岸了。那荒垡与荒垡之间的缝隙，是虾子藏身的好地方。沿着河坎一路摸下去，几乎每一处缝隙里都有虾子，有时还会摸到虎头鲨呢。还有一个地方，虾子也不少，就是水码头下面。

水码头大都是砖头砌的，或是石头垒的，天长日久，砖头与砖头、石头与石头之间的填充物慢慢被冲刷，常会形成一个个洞穴。村民们淘米洗菜的时候，鱼虾在水码头下觅食，平常它们就钻到这些洞穴里小憩。你要在水码头下摸虾，别选在上午，尤其是午饭前，这可是水码头最忙碌的时辰，你把水搅浑了，那是少不了要挨大人骂的。由此，在水码头摸虾，就应选择午饭后了。那时水码头相对比较安静，虾子也安静。

浑 沟

大伙儿一齐在沟塘里闹腾开了,手脚并用,直把满塘泥水搅成一锅糨糊,鲫鱼鲤鱼出来了,黑鱼鳅鱼出来了,黄鳝螃蟹也出来了……一场浑沟才算是到了高潮。

把这样一种极端的捕鱼方式叫作浑沟,想必会有好多人不明白,比如"浑"字是不是这样写。不过说白了也简单,"浑"在这儿当动词用,意思是把水搅浑了,搅到那种稠糊的状态,鱼儿吃不消了,无处躲藏了,等浮到水面上,咱们来个随手逮鱼。

其实,浑沟于乡下孩子而言,有点恶作剧、瞎折腾的顽皮,还有点不屈不挠、胡搅蛮缠的霸道。大人们自是不屑,这原本就不是什么正儿八经的捕鱼行当,可我们小时候总是乐此不疲。

二十世纪七十年代，学校不怎么上课，加上有一年还闹地震，没多久又放暑假，也没什么作业，我们的日子就剩下玩了。玩得最多的地方是芦滩，逮蚂蚱、捡鸟蛋、抠螃蟹、挖野荸荠……

芦滩边有好多沟塘，有的是庄稼人挖荒垡时留下的，有的原本就是用来"焐"鱼的。每年汛期，这些沟塘都被大水淹没，鱼也就顺势游进来，有找食的，有"咬子[1]"的，有打洞藏身的……等水退了，总有一些鱼游不出去，困在里面，也许有的穴居的鱼儿压根就没打算走。

不知是谁发现沟塘里有鱼，还不少呢，晒阳的黑鱼、嬉闹的鳖鱼、觅食的鲫鱼……那也只好大呼小叫，手中没工具呀。就是有一柄鱼叉或一张趟网，又能怎样？黑鱼没戳着，一个闪身沉下去，什么时候才会再浮出水面？趟网再怎么趟，也就趟些螺蛳、虾儿和小鱼，那些钻在洞里的黄鳝、螃蟹才不理你呢。干着急是没用的，大伙儿就有点耍无赖了，干脆跳下去摸，摸不着就搅浑水，

1　咬子：鱼的繁殖行为，相互追逐摩擦。

看它出来不出来。

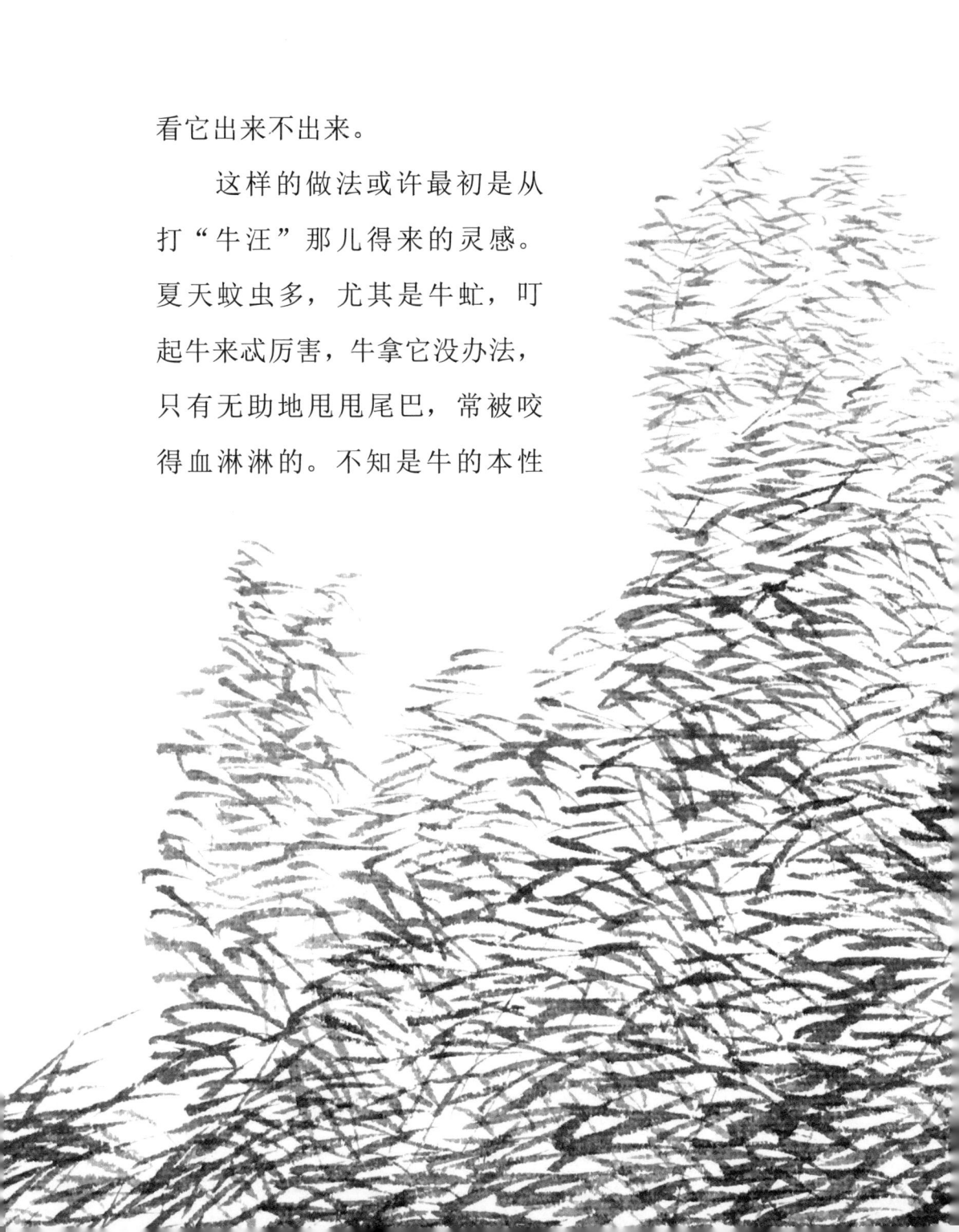

　　这样的做法或许最初是从打"牛汪"那儿得来的灵感。夏天蚊虫多，尤其是牛虻，叮起牛来忒厉害，牛拿它没办法，只有无助地甩甩尾巴，常被咬得血淋淋的。不知是牛的本性使然，还是人的发明创造，每逢夏季，农人都要给牛准备一处水塘，也就是"牛汪"，让牛在里面戏水打滚，牛身上沾了一层泥浆，牛虻就难以下口了。牛在打滚时，水搅浑了，有些鱼虾就被"呛"上来了。

管他是不是受了打"牛汪"的启发，反正我们在放牛的同时，偶尔也会让牛做个捕鱼的帮手，当然不会像鸬鹚那样要它代劳。找一块差不多大的沟塘，最好是没口子的，有口子也不要紧，挖几锹土堵上就是，然后把牛牵来打"牛汪"。这时的打"牛汪"与平常的打"牛汪"是有区别的，平常是让牛自由活动，现在却是要牛完成几个规定动作，在水塘里遛上几圈，先把水搅浑了再说。水浑了，那些憋不住的虾儿和小鱼最先浮出水面，虾儿一撅一蹦的，小鱼则有气无力地咂着嘴巴……我们抓紧捞取，手逮，网抄，或者干脆把鱼攉（huō）上岸。要不过会儿水清了，鱼虾缓过神来，那就晚了。不过，我们哪能满足于这一点点小鱼小虾，还有更大的企图——捉更大的鱼。那就索性叫牛靠边站，大伙儿一齐在沟塘里闹腾开了，手脚并用，直把满塘泥水搅成一锅糨糊，鲫鱼鲤鱼出来了，黑鱼鳅鱼出来了，黄鳝螃蟹也出来了……一场浑沟才算是到了高潮。

更多的时候，我们并不需要牛的帮忙，完全由着自己的性子胡来。芦滩里的沟塘闹遍了，那就到垛田去。垛田里有的是岸沟，大一点的可以"轰"，设置好了陷阱，把鱼往里赶；小一点的可以"刮"，也就是竭泽而渔；中不溜秋的就只有如上所说的"浑"了。

钓沼虾

一下午，我们钓了三十几只沼虾，还钓了几只小螃蟹。我们干脆把钓的鱼儿虾儿蟹儿一块烧了，就当"晚茶"。两人像个馋猫，吃得一点不剩。

小时候好像不曾听说有谁专门钓过沼虾，有时觉得鱼没钓着，倒钓到虾了，是对自己钓技的嘲弄。不过，我倒是有过一次专钓沼虾的经历。

那时乡下不通公路，想去城里，只有靠船。船停在城边，岸上有兼做看船生意的，把船丢给人家，临走随意给几个钱，人家也不计较。一来二去，彼此混熟了。大人熟，小孩自然也熟。到了节假日，就有城里孩子想到乡下玩。乡下人自是巴不得，落个顺水人情，觉得攀上了高亲，要知道，那时城乡差别大着呢。

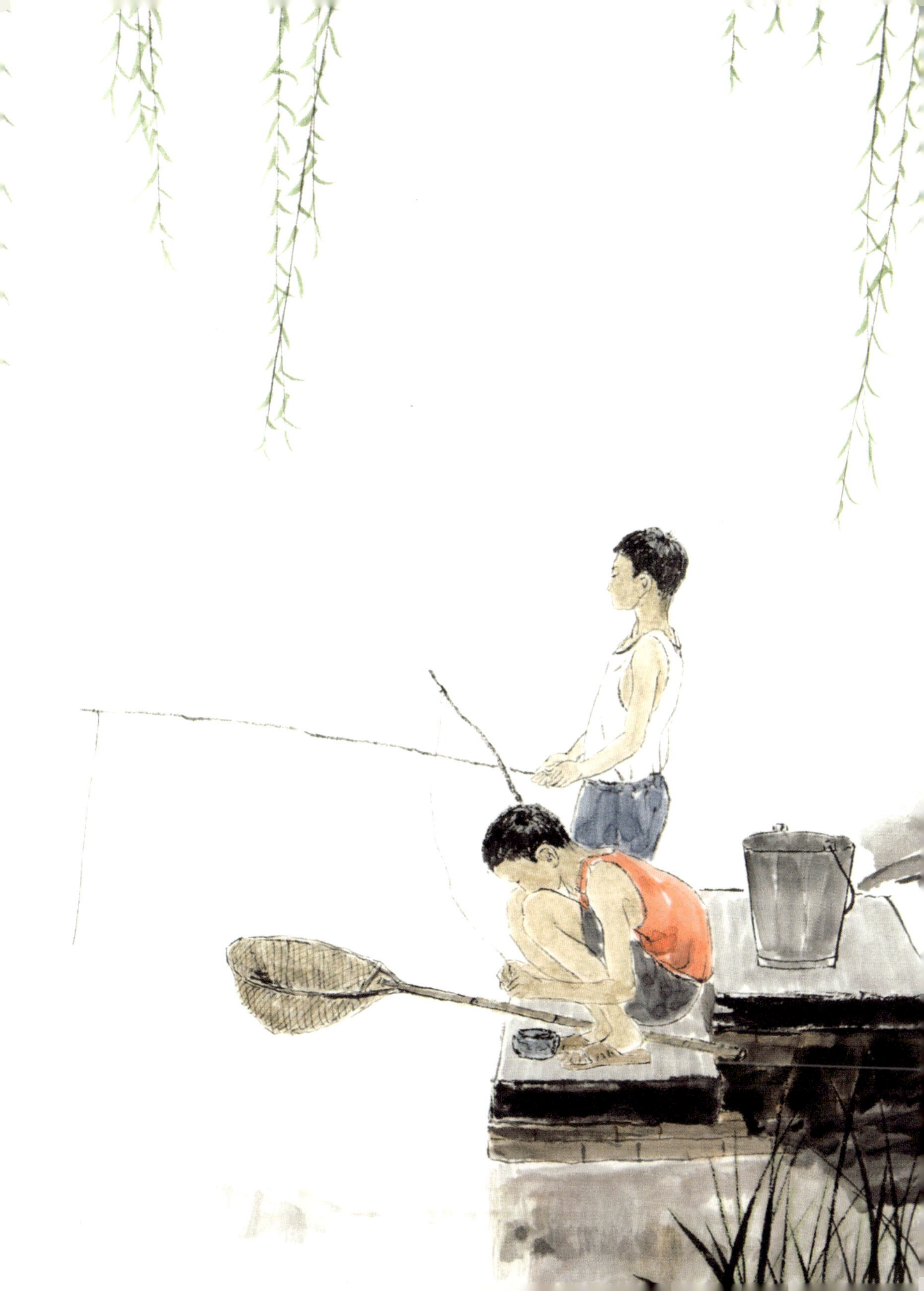

就这样,一个叫国子的城里人成了我的朋友,那年暑假还到我家住了几天。国子似乎从未离开过兴化城,到了乡下,什么都好奇,哪怕一句土话,一件平常事,都不停地问这问那,老鸦捕鱼为啥自己不吃,菱角为啥不长在树上……这还不算,听到知了叫要粘知了,看到蜻蜓飞要逮蜻蜓……我则像个老师,虽说耐心,但也不失卖弄地解释着、辅导着,着实满足了虚荣心。疯闹了两天后,国子又要去钓鱼。

那天午后,河埠头上安静得很,一旁的桥上也少了行人。我们拎只铁皮桶,借着一片树荫钓起鱼来,钓的也只是一些小杂鱼。原以为钓鱼再简单不过,谈不上会不会的,可国子就是钓不着鱼,看我一条接一条钓上来,急得都要哭了。我只好手把手教他,然而钓鱼就像游泳,教是教不会的,得亲身实践才行,慢慢地我也就失去了耐心。国子一赌气,把钩一扔不钓了。我慌了,如果国子打小报告,那我肯定是要挨骂的。我好说歹说,答应明天带他抠螃蟹,他才重新拿起鱼竿。没想到,钩上竟有一只大沼虾。这下，落得国子逗能了，你不是有本事吗，也钓只虾我看看？

这有什么呀！我憋着笑，也不争辩，"学"着钓起虾来。我找了根树枝，挖几条红蚯蚓，拣一条小的穿到钩上，把浮子往上拉拉，好让诱饵沉底。刚下钩一会儿，就见浮子一点点移动，国子大叫，上钩了，上钩了——我不睬他，他哪知道这是虾儿在试探，也许两只钳子正盘着蚯蚓，考虑该不该往嘴里送呢。这时浮子忽地一沉，我轻轻一提，一只沼虾上来了。国子高兴得跳起来，完全忘了刚才对我的奚落和叫板。等又钓了几只后，我才憋不住向国子炫耀，看看，想钓什么就什么吧。国子满脸羡慕。

也是得意忘形，浮子一动，以为又有沼虾上钩，我下意识一用力，钩却提不上来，原来被水底杂物给缠住了。国子幸灾乐祸，大呼小叫，才好，牛皮吹炸喽——我一急，猛一搐，线断了，钩没了。国子变本加厉，你不是有本事吗，钓啊，钓啊，看你怎么钓？要不是看在他是客人的分上,我恨不得用鱼竿抽他几下。可我偏不信这个邪,没钩就不能钓了?我不动声色,用剩下的钓线扣上蚯蚓,扔到水里,然后从附近的渔船上拿过一把抄网。国子一旁傻看,不知何意。我懒得理他,眼睛只盯着浮子。浮子又动了,直觉告诉我,虾准备吃食了。我轻提一下钓竿,放下,过会儿再提,再放下,反复多次,虾也就放松了警惕。估计差不多了,我慢慢提起钓竿,只见沼虾正死死抱着蚯蚓呢。我伸过抄网,抄起沼虾。国子不好意思地摸摸后脑勺,"呵呵"笑着。

一下午,我们钓了三十几只沼虾,还钓了几只小螃蟹。回家时,爸妈还在田里忙着。国子嚷嚷着肚子饿了。我们干脆把钓的鱼儿虾儿蟹儿一块烧了,就当"晚茶"。两人像个馋猫,吃得一点不剩。第二天,妈妈为款待国子,特地跟张虾笼的买了斤把带子的沼虾。吃着妈妈烧的糖醋炒虾,感觉没有我们自己烧的虾子好吃。

虾 笼

我老是搞不清,那沼虾到底是闻到面球的味儿,还是看到面球的影儿,才钻进虾笼的呢?

初中语文课上,听老师讲孙犁的《荷花淀》,水生女人编织芦席的情景总让我有似曾相识之感。可一时又想不起来,直到有一天去外婆家,看到许多渔人编织虾笼,这才恍然大悟。

"渔人坐在河边,手指上缠绕着柔滑修长的竹篾子。竹篾子又薄又细,在他们怀里跳跃着。"这不就是《荷花淀》的又一版本吗?只是编虾笼的大都是渔翁罢了。

把竹劈成篾是需要技巧的,要经过破竹、撕竹、披竹三个程序。

看破竹挺过瘾。渔人买来截根去梢的青竹，先劈开十字形四等分的口子，卡入木棍，也可八等分，甚至更多，那就要看竹子的粗细了，然后抓住最上面的木棍用力往前推或往下压，竹子自然就"四分八裂"了。破竹的过程透着一个"脆"字，动作的干脆，声音的清脆。"势如破竹"这个成语应该是从这儿来的吧。

接下来是撕竹。按照篾片期望达到的宽度，在破开的竹片底部切开一个个口子，将竹片撕成一根根枝条。

最后是披竹。即将枝条披成篾青、篾黄，一根枝条到底能披多少篾黄，取决于竹子"肉质"的厚度。

这时，渔人就可以编织虾笼了。先分开编织，然后再组装。两个圆筒，两个倒须[1]，一个盖头，一个套篓。将两个圆筒垂直缝合，相互通连，两端分别装上套篓和盖头，虾笼就做成了。但还不能作业，这样的虾笼扔到河里会浮在水上，沉不下去，也就捕不到虾子了。那怎么办呢？把虾笼放到锅里煮呗。在荒地或河滩上，支一

---

1 倒须：促使鱼虾只能进不能出的装置，由外到里慢慢缩小。

大铁锅，倒上石灰水，一个一个地煮，要煮"熟"了才行。煮熟的虾笼还有另一个好处，就是经久耐用。

张虾笼的通常是一对渔翁渔婆。一条渔船张多少虾笼，没有定数，有两三百只的，有几十只的，可多可少。但有一点，所有的虾笼要用绳子串连在一起。虾笼可以上午张下午收，也可傍晚张凌晨收，有的索性边收边张，依气候、季节和虾情而定。虾笼里的诱饵是面球。渔人把揉揪好的面团搓成一根根细细的长条，再切成一个个拇指大的球儿，戳在套篓里的竹签上。

小时候，特别是放暑假了，我常常瞒着大人，偷偷到张虾笼的渔船上玩。渔翁收起一只虾笼，摇摇，有响声，打开盖头，将笼里的虾子倒进虾护[1]里。我老是搞不清，那沼虾到底是闻到面球的味儿，还是看到面球的影儿，才钻进虾笼的呢？有时我会悄悄拎起虾护，虾护在慢慢上升的过程中，虾子是没有一点动静的，虾护一旦离开水面，那受惊的虾儿就会泼剌剌地骚动起来，很好玩。

1　虾护：用竹篾做成的篓子，把收获的虾子暂养在里面，不致死亡。

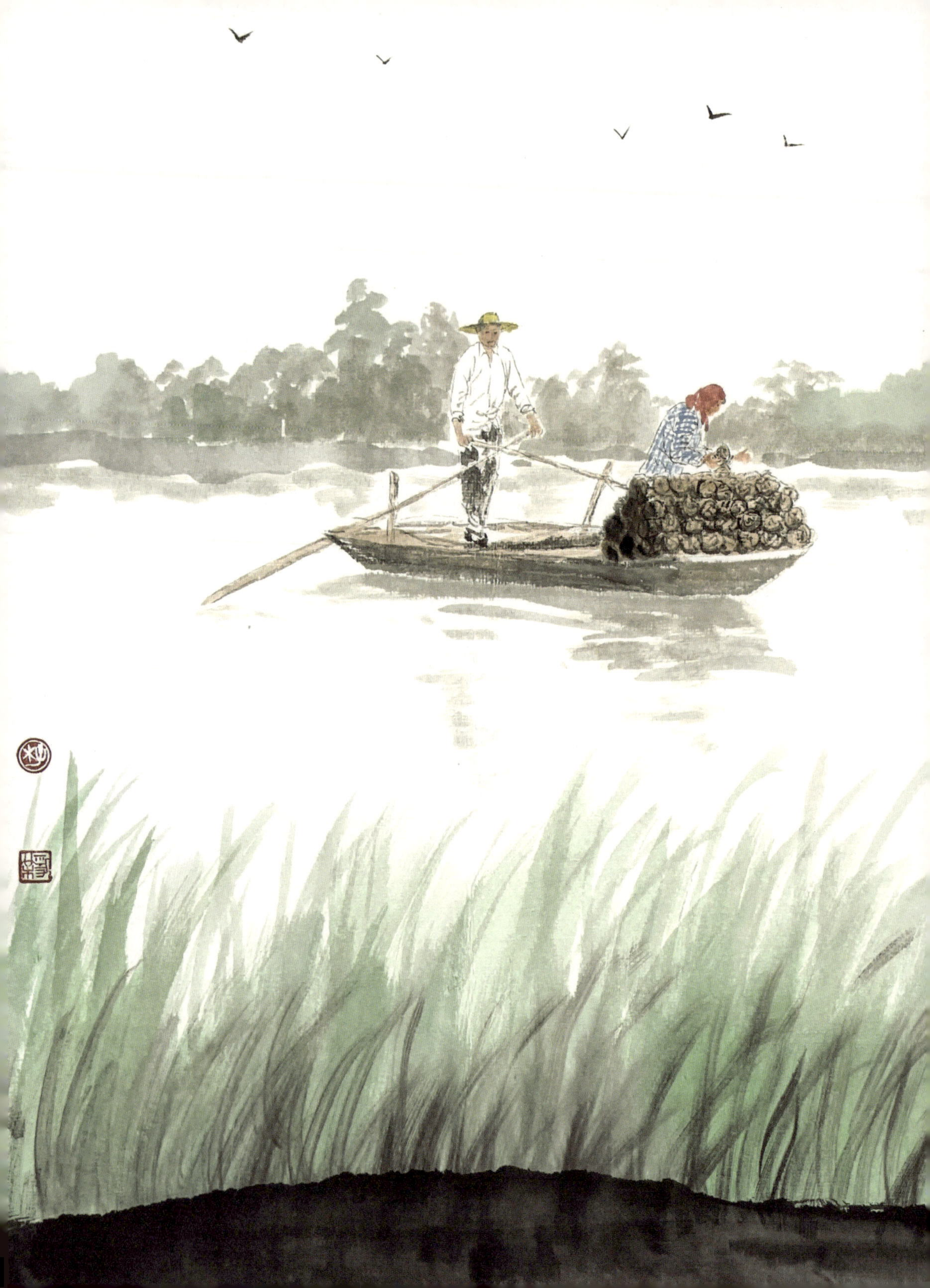

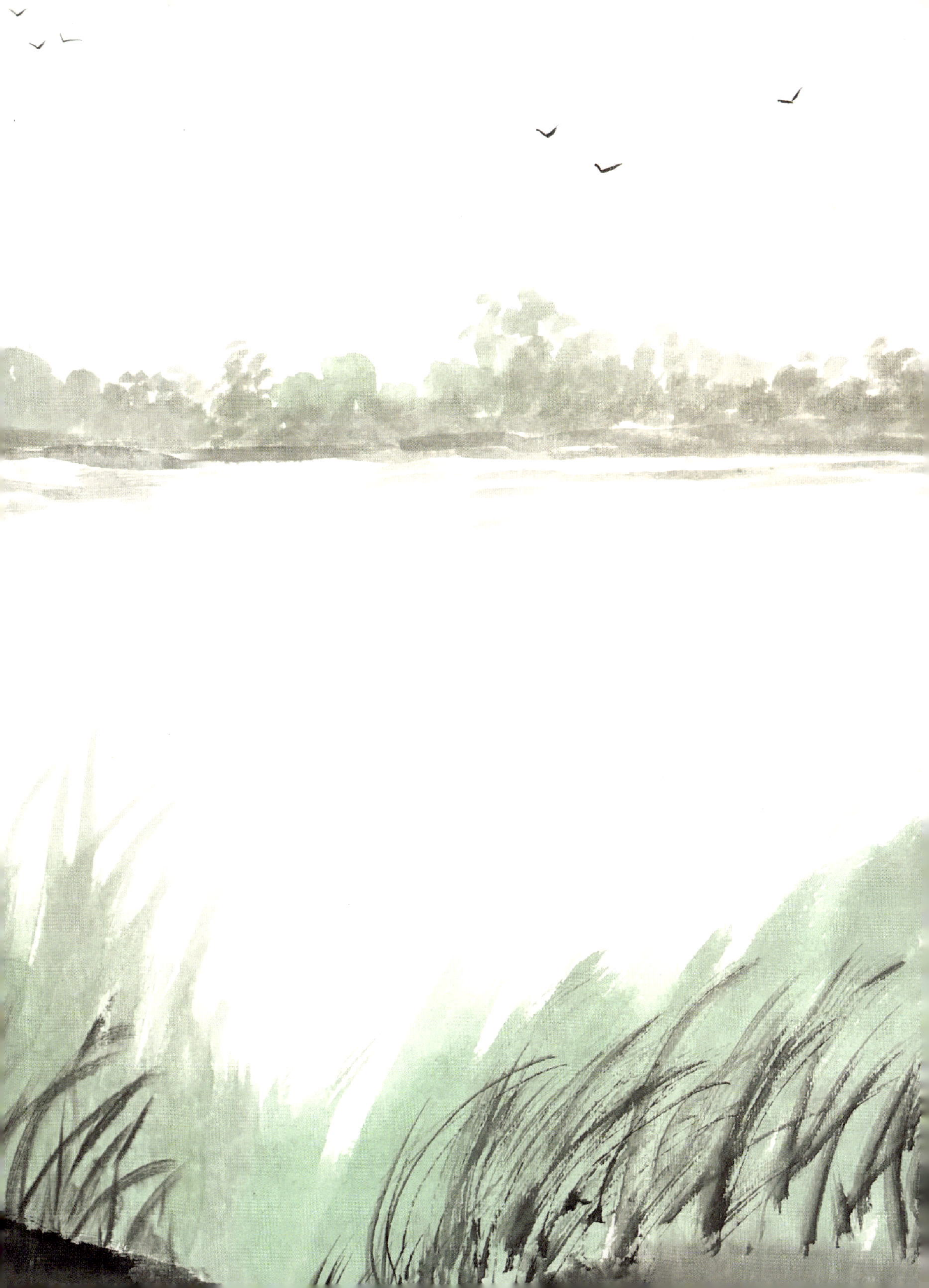

而更多的时候，我静静地趴在船沿上，看虾护里的沼虾慢条斯理地游着。那长个子长须子的是公的，那短个子短须子的是母的；没子的是公的，有子的是母的。若干年后，当我第一眼看到齐白石画的虾子，就知道那是沼虾，游动着的沼虾，可同时又有一个疑问：白石老人的虾怎么都是公的？

最难忘的一件事，是我在张虾笼的渔船上吃了一顿"晚茶"。渔婆笑眯眯地端来一碗小圆子，像是元宵。我也不客气，端过来就吃，有点甜，有点咸，有点黏，还有点淡淡的腥味……反正味道怪怪的。我问渔婆，这是什么？渔婆说，虾圆子。我只知道好吃，也没问个究竟，后来才晓得，这虾圆子可不是虾肉做的，而是被虾吃剩下的诱饵——面球。我这是"与虾共食"了。大拇指大的一个面球被虾啄得还剩一丁点大，常会跟着虾子倒进虾护里。渔翁渔婆却舍不得扔掉，捡起来，淘淘洗洗，竟煮着吃了。

现在张虾笼的恐怕不会再吃这种虾圆子了吧？

捉泥鳅

"大哥哥好不好,咱们去捉泥鳅;小牛的哥哥,带着他捉泥鳅……"邻家孩子还在唱着,而我受了这歌的感染,真想回到童年,再过一把捉泥鳅的瘾。

"池塘的水满了,雨也停了;田边的稀泥里,到处是泥鳅;天天我等着你,等着你捉泥鳅……"邻家小孩放学了,蹦蹦跳跳唱着一首叫《捉泥鳅》的儿歌。看着她充满稚气的脸,想来肯定没有捉过泥鳅,只是唱唱玩玩而已,而我忽然想起小时候捉泥鳅的事来。

那时的乡间到处都是沤田[1]。沤田里有水,有水就少不了鱼,而见得最多的就是泥鳅了。跟着大人下田,或是到田间疯玩,逮鱼摸虾是家常便饭。沤田里的鱼最难捉的

---

1 沤田:终年积水的田地。

要数黄鳝和泥鳅，它们身子滑溜，让人很难下手。可看到泥鳅，总是憋不住去捉，轻手轻脚走过去，还没靠近目标，机警的泥鳅或是四处逃窜，或是钻到淤泥里。就是捉住了，也常会从手指间溜走。就在我们叹息懊悔之时，大人

说话了,鳅鱼信捧,哪有你们这样逮鳅鱼的?少时懵懂,不明白这话的含义。当再次无功而返时,心想,既然"鳅鱼信捧",何不试试呢?于是,用脚踹几下泥水,泥鳅又现身了,双手小心伸入水中,作包抄状,从泥鳅外围慢慢合拢,然后猛地一捧,还真捧到了。只是我们的手

掌太小，逃掉的泥鳅依旧占了多数。

徒手逮泥鳅成功率不高，总觉不过瘾，我们就改用卡钓。找来细细的竹篾或铁丝，剪成一截截短短的"卡"，扣上钓线，穿上蚯蚓，系在尺把长的芦柴上，傍晚插到田里，早晨去收，几乎每把卡上都有泥鳅。

卡钓才玩了几次，又觉得乏味，因为少了直接与这溜滑的泥鳅较量的刺激，我们又用起了提罾。提罾是一个用竹竿交叉撑起的四方形网具，三面有网拦着，一面留空并扣上一根门竹，好让罾网着底的门竹。泥鳅不仅沤田有，还喜欢栖息在沟渠、灌槽里。我们蹚入灌槽，将提罾按到水底，门竹轻轻一扦，稳住了，由远而近用脚往罾门"踢"水，把潜伏在水草和淤泥间的泥鳅赶向提罾。这也是常有人把提罾叫作踢罾的缘故。等"踢"完了，或是感觉有动静了，迅速拎起提罾，常会收获几条泥鳅，还捎带一些小鱼和虾儿。一条灌槽"踢"下来，三五斤泥鳅不在话下。如果碰上一个打水机塘[1]，不仅

---

1 打水机塘：抽水机给农田加水时冲出的水塘。

能"踢"到泥鳅，还有鲫鱼、鲇鱼呢。

有时我们也会走极端，灌槽里水草太多，水又太浅，看到泥鳅到处乱窜，提罾就是派不上用场，那就干脆把水舀干了直接去捉。灌槽两头打上坝，几个人齐力刮水，等水干了，逮了小鱼和虾儿，泥鳅却不见踪影。哪去了？别急，藏在淤泥里呢。扒开泥，一个个全都跳出来了……

有人说，到了秋后，割了稻，泥鳅也会钻到泥里。只要看到田里有洞，手一抠，泥鳅就逮着了。这倒蛮有趣的，可惜我没试过。

过去泥鳅不值钱。捉来的泥鳅，我们剔下小的喂鸭子；大的红烧，或跟豆腐清炖；剩下的腌了晒成干，隔三岔五，弄几条放在饭锅里蒸了吃，香喷喷的。后来得知，日本人把泥鳅叫作"水中人参"，价格自是不菲。因而傻想，要是把孩时捉的泥鳅搁在现在卖的话……

"大哥哥好不好，咱们去捉泥鳅；小牛的哥哥，带着他捉泥鳅……"邻家孩子还在唱着，而我受了这歌的感染，真想回到童年，再过一把捉泥鳅的瘾。

张甲鱼

吃了晚饭，洗了澡，我们到村东头的大桥上乘凉。找块草席，随意躺着，看天上的繁星，听周边的虫鸣，心里却在猜想着该有几只甲鱼上钩呢。

甲鱼是个俗称，它还有另外两个名字，学名中华鳖，绰号王八。原先甲鱼并不值几个钱，后来渐渐走俏，渔人也就发明了多种专捕甲鱼的方法，其中一种是用猪肝张甲鱼。

先到小商店买一包 2 号缝衣针，再到渔具店买一框九股塑料线，然后砍几根竹枝，截成筷子长短，做钓竿。把塑料线穿过针鼻在针身正中打个结，线与针成 T 形，留两庹长的钓线，剪下后扣到截短的竹枝上，这甲鱼钩就算做好了。钓饵就是猪肝，切成一个个小长条，把钩穿在其中就行了。

初中暑假里，也是闲了无事，同学"伙"我去张甲鱼。我们做了足有一百把甲鱼钩，买了三斤多猪肝。隔壁大伯笑话我们说，打死人少，吓死人多，别偷鸡不成蚀把米哦。好在同学曾跟着他爸张过甲鱼，算是有过实践的，但真正操作起来，也还是显得笨手笨脚。别的不说，就说切猪肝吧，不是粗了嫌"旺"料，就是短了藏不住针，白白浪费了许多，怪心疼的。忙乎了好一阵，终于把诱饵穿好了，手上却挨了不少戳。收拾妥当，看着沾满猪肝的黏糊糊的手，我们都笑了，赶忙跑到河埠头去洗。手刚伸进水里，就引来一大群小鱼的叮咬，痒酥酥的。鱼都顾不上怕人，可见猪肝的诱惑力多厉害。

甲鱼喜欢在隐蔽而安静的地方生活，芦荡、河沟、池塘是最适宜的场所了。太阳还有老高，我们就急不可耐地划着小船，来到离村子很远的湖边。那里新筑了一条长长的圩堤，还有一片垛田，几口鱼池。系舟上岸，同学挎着装满甲鱼钩的竹篮，我跟在后面做帮手，沿着

圩堤一路走下去，每隔十来步张一把钩，先将诱饵扔到远处，再把钓竿插在河沿。也是没经验，不知道把握节奏，等把一条圩堤和几条河沟张完了，篮子里还有十多把钩。总不能带回去吧，同学看看四周，悄声说，张到人家鱼

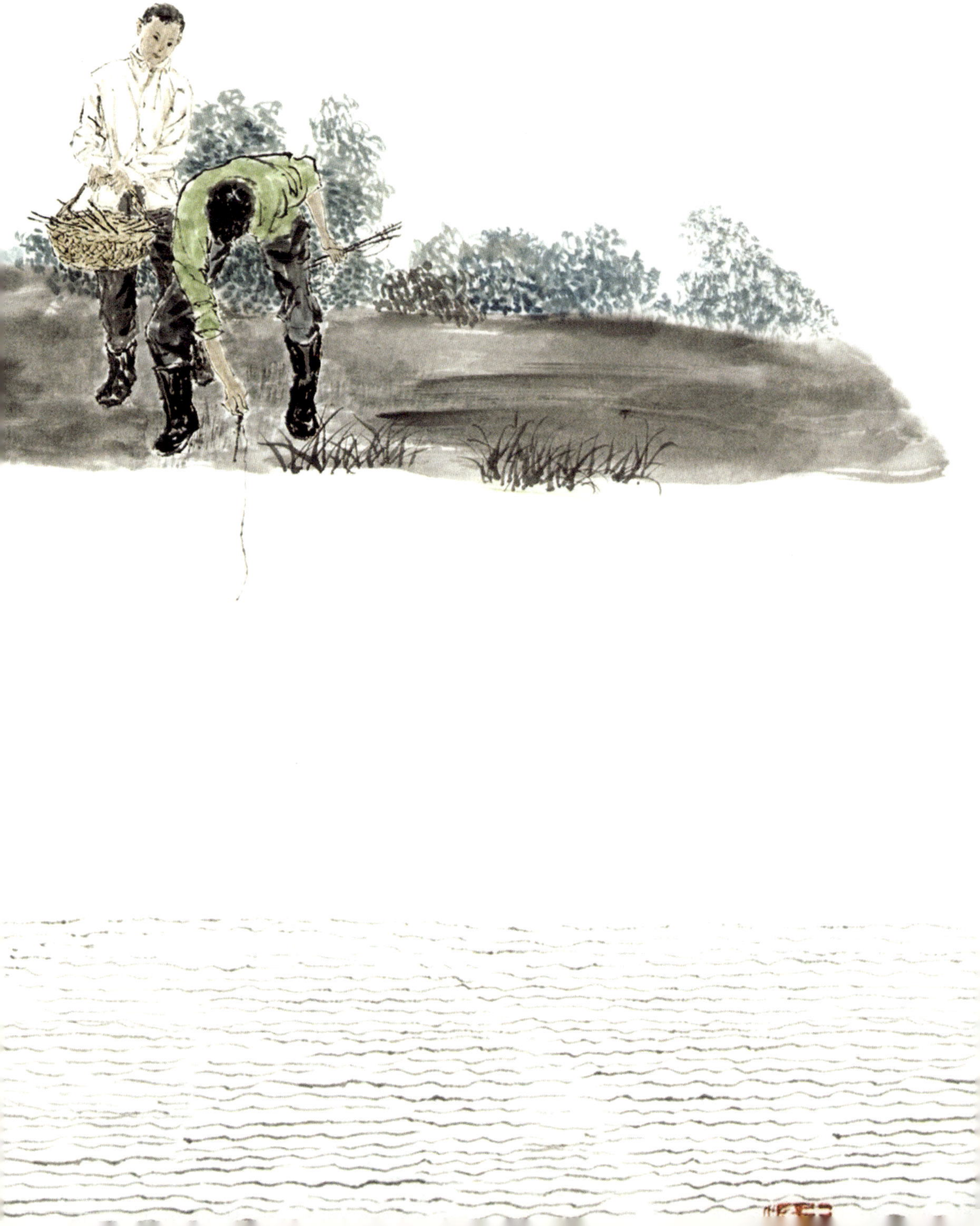

池里去。我挺担心的,被人家发现了咋办?同学笑了,怕什么,他鱼池里又没养甲鱼,也是别处爬过来的,明天早点收钩就是了。想想也对,但总归还是心虚,两人像做贼,偷偷地把余下的钩张到鱼池里。这一来,回到船上的时候,天都快黑了。

河面上弥漫起缕缕雾气,偶有鸟儿贴水扑棱棱地飞到岸边的草丛中,一群蜻蜓围在船边,似想跟着我们回家,而远处的村庄已是炊烟袅袅。

吃了晚饭,洗了澡,我们到村东头的大桥上乘凉。找块草席,随意躺着,看天上的繁星,听周边的虫鸣,心里却在猜想着会有几只甲鱼上钩呢。直到夜深了,乘凉的人几乎都散了,我们才各自回家。好不容易有了点睡意,同学又来敲门了,他比我还急。我们干脆早点去收钩。

四周还是一片黑暗,途中只看到三三两两的渔火。我们顺着张钩的线路依次收钩,一把、两把、三把……都十来把了,连个甲鱼的影子也没有。心里不免慌了起来，难道真的应了隔壁大伯的话了？都快收了一半了，还是不见甲鱼，有几把只剩下线，钩却没了，还有几把连竿也找不到了，甲鱼可真厉害。我正失望，同学忽然叫起来，有了——随即一只大甲鱼被拖出了水面。说来有意思，我们一共收获了九只甲鱼，有六只是鱼池里的。还有意外惊喜，钓着一条大青鱼，怕有七八斤重。

　　回到村里的时候，太阳已经出来了。隔壁大伯看到我们拎着的"战利品"，还有脸上的得意表情，眯眼朝天说，太阳打西边出来了。我们生怕他问青鱼是哪儿来的，故作轻松道，米没蚀掉吧，还赚了好几只甲鱼呢。

摸河蚌

我们最喜欢摸"江歪",那才带劲呢。江歪只生活在大河里,小沟小塘是不会有的。江歪个头大,一只能抵河歪好几只。

提起河蚌,我们或许会想到传说中的河蚌精。不管是《西游记》书里的,还是银幕舞台上的,抑或庙会走街队伍中的……不知为何,这些成了妖精的河蚌,仍旧让人有一种特别的怜爱。

而流传在家乡的河蚌精的故事却没什么新意,几乎与田螺姑娘的故事一个版本。也许河蚌与田螺原本是同类,编故事的图省事,只把主人公的名字换了,情节一点没动。

故事似乎就在我们身边,因为家乡的水域到处都有河蚌，自然也就有了发生故事的可能。不过，故事听了也就听了，当不得真的，更多的时候，尤其是放暑假了，乡下孩子常会闹腾着去摸河蚌。

谁都能就摸河蚌这个话题说得头头是道。管他趴在船帮探身去摸，还是蹚到河里弯腰去摸，远不如赤条条跳进水中来得痛快，游泳、消暑、摸河蚌，三不误。这正是水乡孩子首选的方式。

水沿边有一种叫"老鹳嘴儿"的河蚌，孩子们是看不上眼的，个头小，壳子厚，肉也少。这大概是蚌类中最小的了。至于为何叫这么个怪名，想必是它狭长的体形真的很像老鹳的尖喙，不过它倒是有一个好听的学名，叫珠蚌。

水再深点，就可摸到一种叫"河歪"的了，这是家乡最为常见的。我至今不明白，乡人为何把河蚌称作河歪或歪儿，而河歪似乎又是专指这种圆圆鼓鼓的河蚌，学名叫无齿蚌的。现在菜市场里卖的河蚌，大多属于这一类。

我们最喜欢摸"江歪",那才带劲呢。江歪只生活在大河里,小沟小塘是不会有的。江歪个头大,一只能抵河歪好几只。叫它江歪,是与河歪相比较,取其大的意思,应该跟长江没什么关联。后来才知道,这种江歪叫冠蚌,俗称大肚蚌;还有一种江歪叫帆蚌,又叫三角蚌,用它来培育珍珠最好不过了。

村后的车路河里有的是江歪,就看你愿意不愿意去摸了。通常我们会约上几个伙伴,带只澡盆,沿着河南岸的浅水处,依次排开往前蹚,踩着江歪了,一个猛子下去,抠上来,扔到澡盆里。有时也玩点新花样,不许扎猛子,看谁能把江歪弄上来。那就要考你的功夫了,先用脚在江歪两侧松动泥土,再把江歪"挤"出来,然后双脚盘住,靠水的"漾"力,托起江歪,也可将江歪移到脚面,慢慢往上提……

对于孩子们来说,摸河蚌只是水中嬉戏的一部分,或许原本就是他们的一个小诡计,这淘气的偶得说不定能减轻大人的责骂呢。你想,父母虽说为一个下午找不

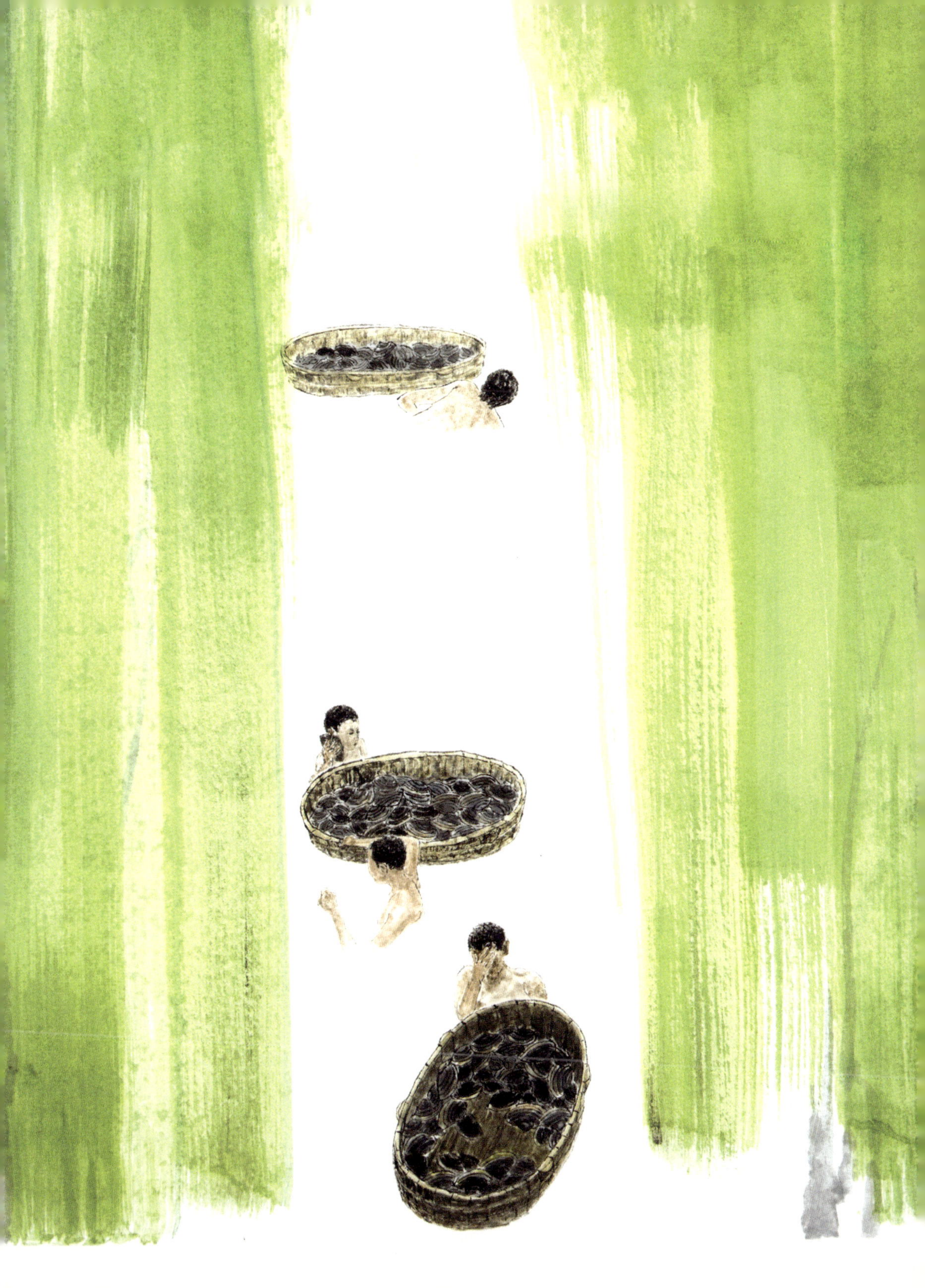

到孩子而着急，可当看到孩子摸来的满盆河蚌，那刚刚板起的面孔也就渐渐和缓了。

　　有一年，村里有人在车路河里摸到一只十多斤重的大江歪，我们都跑去看了。真大啊，搁在澡盆里满满的。后来听说大江歪被一帮人"碰头"吃了，劈开时发现好几颗珍珠呢。那天夜里，我做了个梦，梦见大江歪变成一个姑娘，凄凄地看着我们，欲言又止……

钓龙虾

有人发明了"无钩钓螯虾"。钓线扣上整条蚯蚓或剥了皮的蛙肉,螯虾发现诱饵,自会上前捕食。轻轻提起钓竿,正津津有味饱餐美食的螯虾哪舍得放弃,宁愿抱着诱饵一起随钓线上升。

第一次知道龙虾是在上小学时,有篇课文好像是说西沙群岛的,里面有这么一句:"大龙虾全身披甲,划过来,划过去,样子挺威武。"可大龙虾到底长得啥样,却是想象不出。也就以为这世上的虾子只分两种,一种河虾,像家乡的沼虾之类;一种海虾,像大龙虾那样的。直到有一次见到另一种龙虾,我才改变看法。

小时候,我们常喜欢聚在河边钓鱼。大人戏称为"野钓",因为纯属闹着玩,逮着什么鱼就钓,钓具也不讲究,自然不像书上所说的"野钓"那么高雅了。

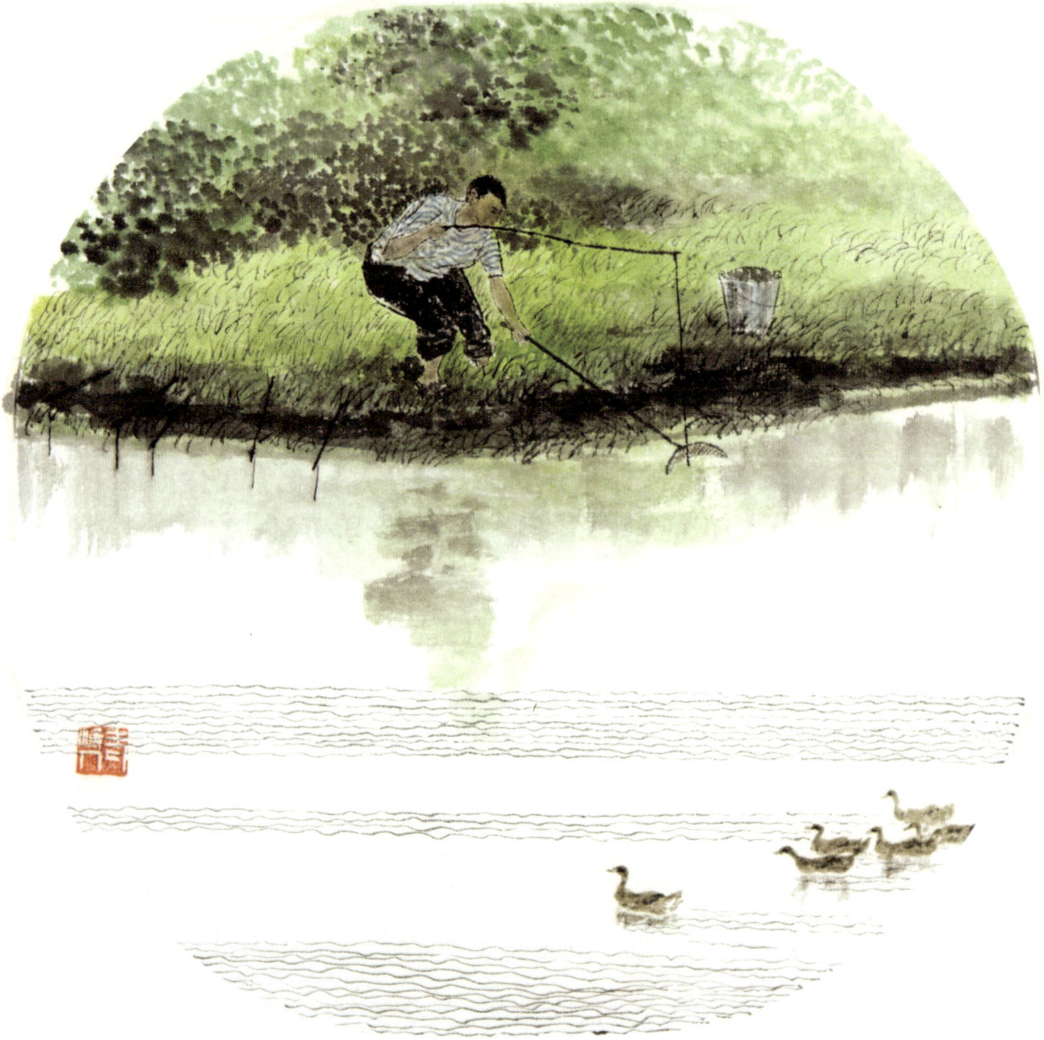

那天，我坐在河埠头上野钓，给鱼钩穿上蚯蚓，随意抛到河里，眼睛盯着浮子，有动静了就提，没动静也提，完全没那份耐心，钓的也尽是些野杂鱼。钓着钓着，就开小差了，一愣神，水面上的浮子竟缓缓地向一旁移动，我原以为是沼虾，可又不像，赶忙提起鱼竿，感觉有点沉，出水一看，是个没见过的"怪物"。旁边的大人也奇怪，咦，怎么会钓到龙虾的？

难道这就是龙虾，课本里说的龙虾？一开始我以为就是了，可课本里的龙虾是海里的呀，海里的龙虾怎会跑到河里来呢？我纳闷了。大人解释说，这就是龙虾，海里的也叫龙虾，两种不同的龙虾，就像人一样，有中国人也有外国人嘛。这说法似乎是对的，可总叫人心生疑惑。

后来有一天，我到河边挑水，又见到一只龙虾在浅水处爬行。我放下扁担去捉，龙虾并不怕人，轻易就逮着了。这一回，我把龙虾带回家，弄个罐头瓶养着玩。这家伙慢慢悠悠，一点不像课本里说的龙虾那样"威武"。

看着看着，我又有疑问了，这龙虾能吃吗？大人说，哪个吃这东西，瘆死了。

谁承想这玩意会成为席上珍品呢？似乎一夜之间，里下河水乡的河湖沟汊里到处都有龙虾，吃龙虾已经成为一种时尚。细细想来，该是从二十世纪九十年代初开始的吧。更有甚者，有个地方竟然搞起了"龙虾节"，多少有点出乎人们意料。这龙虾应该不是我们这儿的土著水族，可又是从哪儿来的呢？众说纷纭，问了水产专家才知道，这龙虾叫克氏原螯虾，原产于墨西哥北部和美国南部，后传到日本，再传到中国，显然是个"外来物种"了，这与课本里说的大龙虾八竿子打不着。

没人去问这螯虾有没有潜在的危害，倒是有人发明了"无钩钓螯虾"。钓线扣上整条蚯蚓或剥了皮的蛙肉，放入水草丛生的水域，不时提起放下，以引起螯虾注意。螯虾发现诱饵，自会上前捕食，先用触须试探，再用螯足钳起。钓者手上有了感觉，可轻轻提起钓竿，正津津有味饱餐美食的螯虾哪舍得放弃，宁愿抱着诱饵一起随钓线上升。当螯虾接近水面，立即拿起抄网伸到水下，连同诱饵一起抄取。千万不能将螯虾提出水面，否则螯虾会放弃诱饵逃走。如此说来，钓鱼倒不一定非得用钩了。

现在，食用这种叫作龙虾的螯虾已是蔚然成风，最常见的烧法是十三香和蒜泥。还是那个地方，策划了一个"万人吃龙虾"活动，管他达官贵人、学者明星，一律动手抓食，真的是"放下斯文，与龙虾共舞"啊。

这些年，自是见过真正的龙虾，无端地觉得，把螯虾称为龙虾未免太抬举它了。

唤 鱼

奇迹出现了,像是听到指令,那些乌仔慢慢停止前行,渐渐聚在一起,竟转头朝岸边游来……我们都惊呆了,这怎么可能?

好多年前看过一部电影,有个情节印象特深:深山老林里,一位白发白须老者,面对一帮围堵的强盗,不慌不忙,泰然而坐,继而口中念念有词,随即一条条大蛇从四面八方游来。强盗吓得四散逃窜,有的被蛇缠住,有的跌入悬崖……

那一刻傻想,什么时候我也有这个本事就好了,我想唤鱼。走在河边湖畔,念上几句咒语,那鱼就游过来了,你想捉什么鱼就捉什么鱼,想捉多少就捉多少,该有多好。原本也就想想,哪晓得后来还真遇上这样的高人了。

那年暑假，表哥见我闲着没事，就带我去戳黑鱼。沿着圩堤一路走，不一会儿，就戳了七八条，都是晒阳的小黑鱼。表哥刚抱怨怎么看不到护仔的黑鱼，一抬头，前面正有一趟黑鱼乌仔游动。我还没看清护仔的亲鱼在哪儿，表哥早飞起一叉，一条三四斤的大黑鱼上来了。表哥说，这趟乌仔快出窠了，能长大，这条黑鱼戳了没事。正欲往前走，有人冲这边摇手。看那一身装束，还有手持的特殊渔具，原来是打甲鱼的。本不想打搅人家，可乌仔正向那边游去，我们只好蹑手蹑脚，尽量不弄出一点声响，走近一看，是村里的"噱伯"。此人爱开玩笑，鬼点子多，人们就送他这个绰号。

噱伯不看我们，只顾盯着远处的水面。我们本想看他怎么打甲鱼，可水面上哪有甲鱼的影子？心里惦记着那趟乌仔，就想走开。这时，噱伯丢下甲鱼枪，双手拍出几声空响，又捂嘴唤鸡般"啵啵"有声。我正纳闷，噱伯操起甲鱼枪，猛地往前一甩，随即提竿，旋转滑轮，一只甲鱼上钩了。等他取下甲鱼，我说了疑问，噱伯眼一斜，唤甲鱼呗。唤甲鱼？甲鱼听你话？我的疑惑更深了。嚎伯一本正经道，鸟有鸟语，鱼有鱼话。我不信，表哥也不信，说你碰巧了，有本事再唤个甲鱼试试？嚎伯并不恼，看着渐渐游向河心的乌仔，似是随意，轻轻甩出一枪，我以为又是甲鱼，没想到那条黑鱼被他打中了。我急了，举起手中黑鱼说，是我们先发现的，还戳了一条呢。嚎伯把鱼递给我，没跟你抢，帮你打的。我一愣，都不好意思接鱼了。

嚎伯笑道，这河里没甲鱼了，我倒是能把黑鱼乌仔唤回来。我们更不相信了，说你吹牛吧？嚎伯一脸狡黠，蹲下身子，轻握右拳，挨着水面，食指摩擦拇指，弹出水花声，咽——咽——咽——那群乌仔并没有往回游的迹象，反而游得更远了。我们幸灾乐祸，牛皮吹破了——嚎伯也不急，仍旧低头弹水。这时，奇迹出现了，像是听到指令，那些乌仔慢慢停止前行，渐渐聚在一起，竟转头朝岸边游来……我们都惊呆了，这怎么可能？然而，奇迹真的就这样发生了。嚎伯不无得意，怎么样，相信

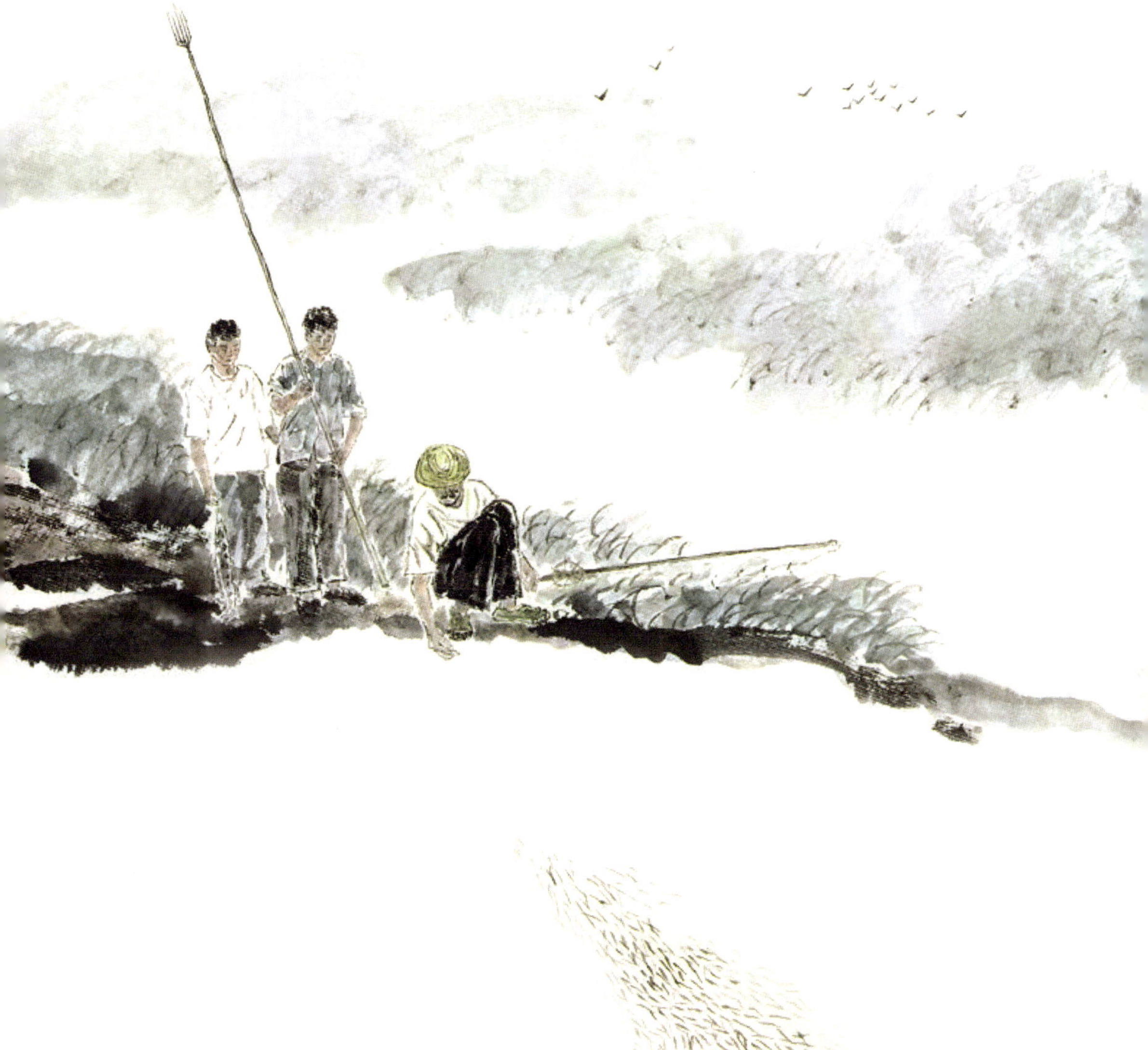

了吧？我们只是讪笑，还有佩服。嚎伯反倒谦虚起来，也不是所有乌仔都听唤，这趟乌仔没娘没老子了，听到我弹出的水花声，还以为爸妈在叫呢，如果有母鱼在，就不灵了。

嚎伯意犹未尽，又在吊我们胃口，什么时候带你们去唤黄鳝、唤虎头鲨。我们自是兴趣大增，央求着现在就去。嚎伯欲擒故纵，今天没空了，答应鱼贩子十斤甲鱼，还差几只呢。见我们失望，嚎伯玩起嚎头，这都是雕虫小技，想起我爷爷的爷爷，有个无节芦柴做的笛子，轻轻一吹，鱼就来了，只可惜，传到我爷爷，丢了……嚎伯面露遗憾之色，祖上的规矩，逢到灾年才可用，可我爷爷老是拿出来显摆，不灵了，唉——

我心想，活该，谁叫你爷爷显摆的。奇怪的是，打那以后，有好长一段时间，我老是梦到自己也有这样一支芦笛……

挖河蛏

有人忽然叫起来,快看,快看,这是什么?伙伴们围拢过去。表哥不屑道,大惊小怪,蛏眼不知道啊?蛏眼?听都没听过,我们面面相觑。

老家村子后面紧挨着一条大河,叫车路河。小时候看电影《上甘岭》,只要听到"一条大河波浪宽"的歌声响起,总是一厢情愿地觉得唱的就是车路河。可不是吗?我们坐在圩堤上,看来来往往的船只,有轮船、帆船、渔船、农船,还有长长的拖队;听号子声、渔歌声、汽笛声,还有拍打岸边的浪花声。

"听惯了艄公的号子,看惯了船上的白帆"之后,我们会走下圩堤,沿着河滩找乐。那时的车路河太宽了,我还没见过比这更宽的河。河宽,一遇上风,浪也就更大。

有时明明感觉不到有风，可波浪依旧冲击着河岸，发出一阵阵或拍打或亲抚的声响。河岸渐渐向后退让，露出黄黑相间的垛田纹理，河滩也被洗刷得平滑光洁，赤脚走过不沾一点泥沙。我们能玩的可多了：扒开垛岸的黑土层找乌莲，翻起散落的土疙瘩捉蟛蜞（péng qí），围着茂密的水草丛摸虾儿……

是玩腻了寻找新的刺激，还是无意间发现了新的玩点，有人忽然叫起来，快看，快看，这是什么？伙伴们围拢过去，只见水洗后的黄板土上有一个个小洞，洞口正往外渗水，里面似乎藏着什么。表哥不屑道，大惊小怪，蛏（chēng）眼不知道啊？蛏眼？听都没听过，我们面面相觑。表哥边说边抓过一根树枝，连挖带扒，果然有东西。他捡起冲我们炫耀，这不是蛏嘛。我一看，以为是那种叫"老鹳嘴儿"的小河蚌呢，细看又不像，这东西显然小多了，也就指头大小。扣子怯声问，这东西能吃吗？表哥一脸自得，那还要说，鲜呢，比蚬子鲜。他俩这一说，忽然想起我是吃过蛏的，难道我吃的就是眼前这个"老鹳嘴儿"？可大人说只有海里才会有蛏啊，是不是表哥说错了？

正疑惑着，一帮人已四散找蛏了。其实蛏眼挺好找，就在水沿口光滑的黄板土上。虽说蛏潜藏在泥土里，可它也要呼吸，那一个个小洞眼暴露了行踪。我们都没挖蛏的经验，找到了蛏眼，只能用手抠，用树枝挖。这也太慢了，表哥发话，回家拿工具去。于是一哄而散，再次集合到河边时，有的带着铲刀，有的拿着韭刀，扣子竟扛着一把鸭锹。大家摆开架势，意欲比试一番，看谁挖得多。这就有点乱了，起初还好，蛏眼随处可见，至多是心急把蛏壳戳破了而已，可随着距离越来越短，范围越来越小，再看到一个蛏眼，常常是几个人抢着去挖。扣子最夸张，仗着有把鸭锹，像"倒山芋"一般，把可能藏蛏的地方挖了个遍，管他有没有洞眼呢。表哥瞪了他一眼，哪有你这样挖的？

不管怎样，等把三四百米长的河滩挖下来，谁都会有收获的。表哥最多，挖了上百只，谁叫他力气大、经

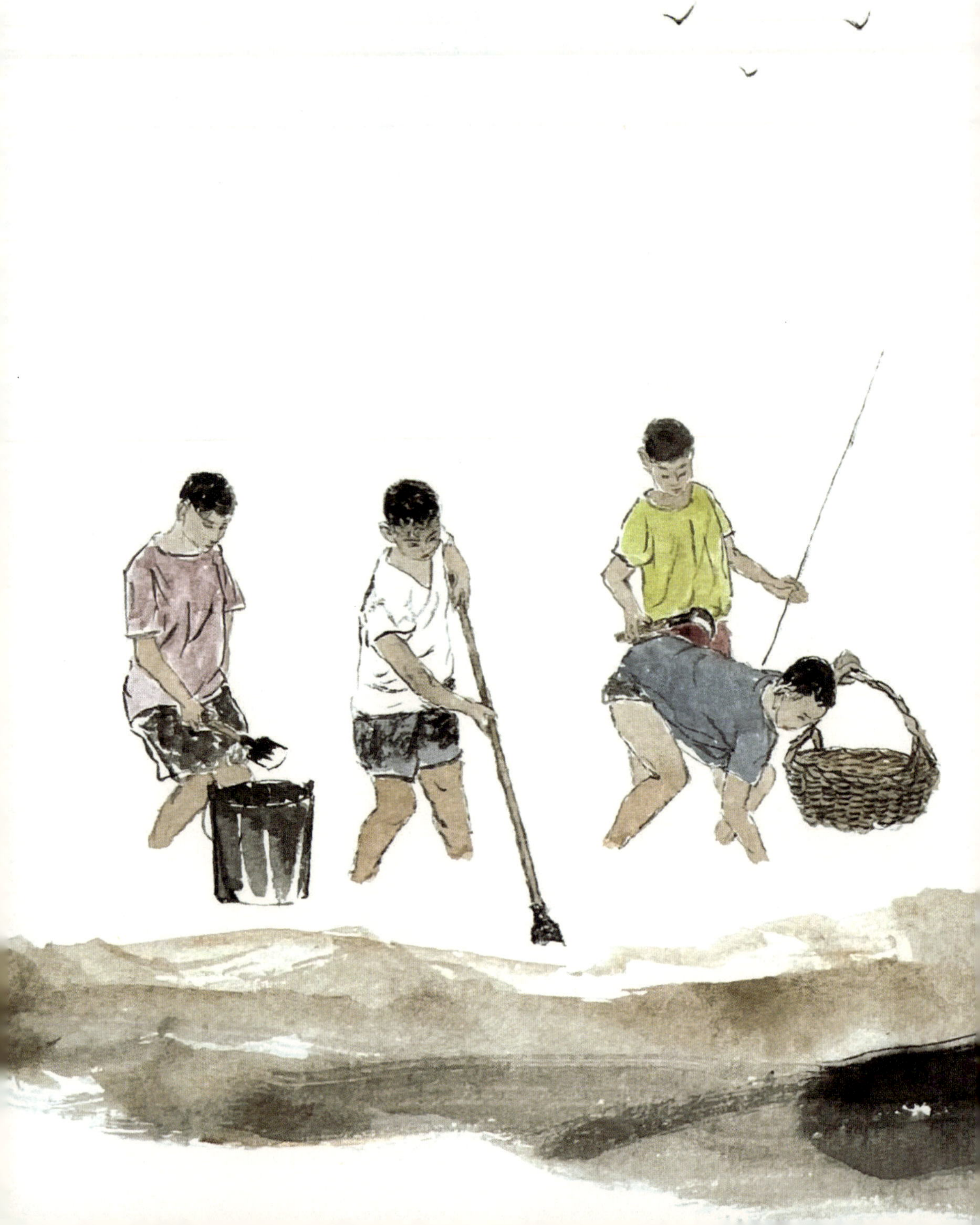

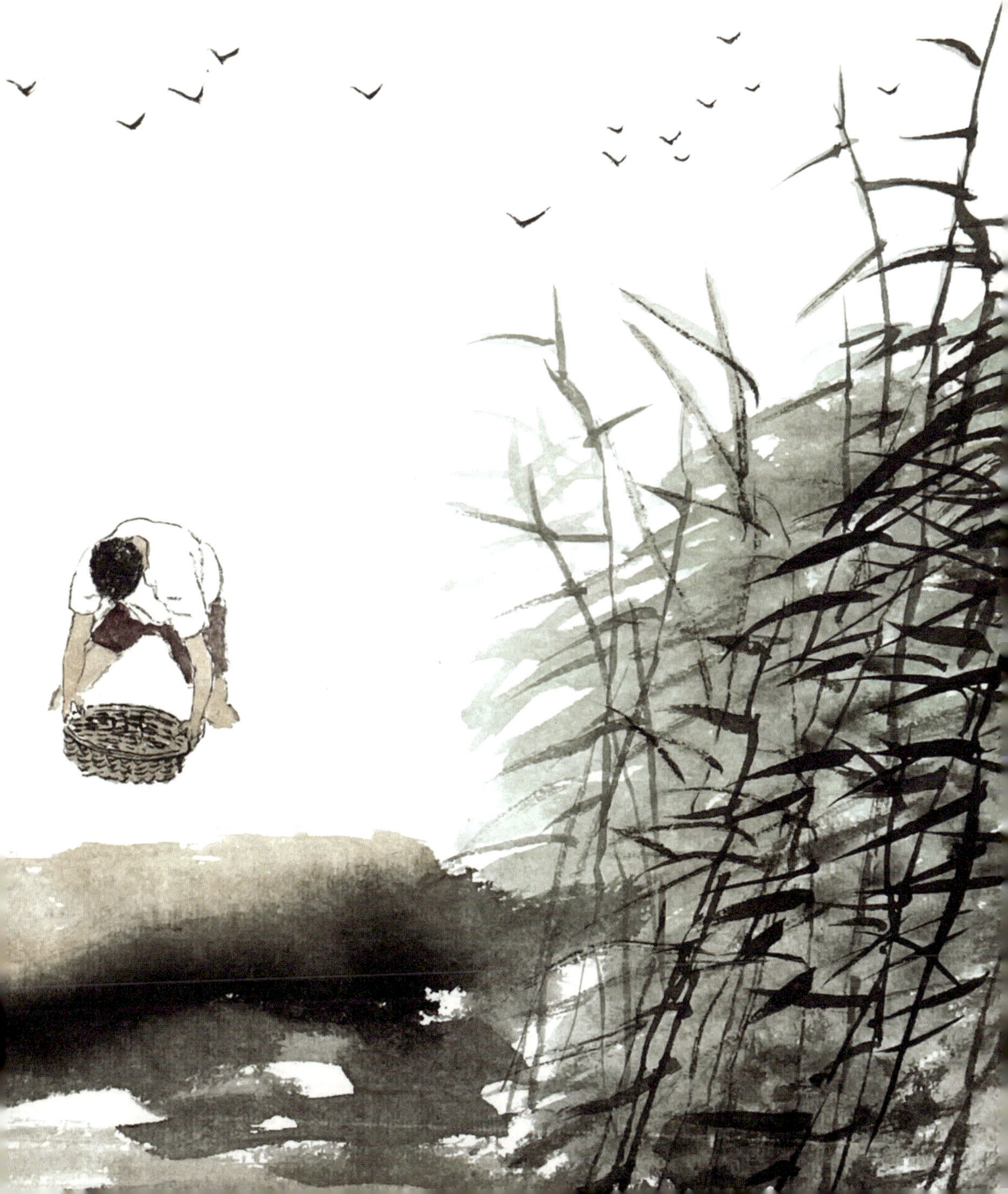

验足呢。反倒是扣子最少，只有十几只。我也不多，才二三十只。表哥从自己篮子里抓了一把给我。扣子也要，表哥说，你还好意思！扣子自知理亏，吐了下舌头，不吱声了。

看我身上沾着泥水回家，母亲似想责怪几句，等见到篮子里的蛏，也就不说什么了。母亲把蛏淘洗干净，倒在盆里清水养着，得空换换水。第二天再洗一遍，放到锅里宽水煮沸，起锅冷却后挑出蛏肉。将蛏肉倒进油锅炒一下，加入澄清后的原汤，搁上几块豆腐，来个蛏子豆腐汤。饭桌上，吃一只蛏肉，嫩嫩的，爽爽的，喝一口汤，鲜得直戳舌头。

这下也就知道了，蛏确有海蛏河蛏之别。过了几年，车路河南岸修了条公路，河面窄了许多，蛏也看不到了。可每当听到"一条大河波浪宽"的歌声，还是会想起那年挖河蛏的趣事，还有河蛏鲜美的味道。

抛 叉

新学期老师布置作文，题目"我的理想"。也不知咋回事，我抓笔就写，长大了要像表哥那样，当个"叉王"。

小时候特佩服表哥，只要是乡下孩子玩的，他什么都会，什么都精。我就喜欢跟着他玩，玩得最多的是捕鱼摸虾。表哥擅长叉鱼，技艺高超，人送外号"叉王"。

有一次是清明过后，河水刚刚起暖，表哥带我戳"咬子"鱼。沿着湖边走，不时听到鱼儿欢腾的声响，看到鱼儿忘情地跃出水面。表哥就像表演，鱼叉这儿戳一下，那儿戳一下，一会儿是鲫鱼，一会儿是鲤鱼。这是看到目标才出击的，在表哥看来算不上本事。神的是，明明一点动静都没有，表哥只是随意往水草丛一戳，正诧异呢，鱼叉上已有一条鳜鱼。

还有一次是梅雨时节，连续下了几天雨，田里的秧苗都淹没了，农人忙着理沟放水。起初看不出什么，随着水渐渐退去，秧田里忽然骚动起来，群鱼乱窜。表哥走上田埂，鱼叉轻轻一送，一条鲫鱼上来了。刚把鱼取下，那边又热闹了，好多鱼聚成一堆，表哥猛地一叉，中了三条鲫鱼。来到放水口，有鱼逆流而上，表哥目光投向远处，也不知看到了什么，突然飞起一叉，一条鲌鱼已在叉上挣扎。

那年暑假，我又缠着表哥去戳鱼。这一次，我们到了邻村地界。两个圩子之间有条河，并无船只来往。太阳毒毒地晒着，一丝风也没有，鱼儿懒懒地浮在水面，热晕了一般。表哥走走停停，一叉一条，绝无落空。我都看得手痒了，央求表哥让我试试。我接过鱼叉，手上有点沉，心里有点慌，眼前正有晒阳的黑鱼，想着近在咫尺，还不一叉中靶？哪晓得，刚举起鱼叉，黑鱼猛地一沉，溜了，气得我直跺脚。表哥调侃，厉害，鱼怕你呀。

我也不反驳，情愿把鱼叉还给表哥。表哥冲我努嘴，示意朝前看。我睁大眼睛，搜寻河面，看不到有鱼啊。表哥先后退几步，再快速向前，奋力将鱼叉抛向远处，鱼叉飞出一道直线冲入水中。等叉杆浮出水面，并不见抖动，看来没中鱼。我想还击，还"叉王"呢？表哥跳进河里，游向鱼叉，等他拽回一看，叉齿上却是一只甲鱼。我既尴尬，更折服，还有羡慕。这样一闹腾，鱼都吓得没影了。表哥重新换个地方，来到一处芦滩。才走几步，表哥问，看到鱼了吗？顺着他指的方向，一丛青苔旁，卧着一条昂刺鱼，不仔细辨别，还真看不出，都差不多一个颜色。表哥主动把鱼叉递给我，我犹豫着接过来，小心戳过去，这回中了。正高兴呢，表哥忽又抢过鱼叉，转头一看，眼前正有一趟黑鱼乌仔游过，惊起小鱼小虾慌乱四散。有乌仔，必有一公一母两条黑鱼护着。我们轻手轻脚跟了好远，也不见黑鱼出现。等到乌仔游进一片菱塘，黑鱼才远远地在菱叶下冒出头来。表哥没辙了，倒不是担心远距离抛叉戳不中黑鱼，而是戳中了怎么取

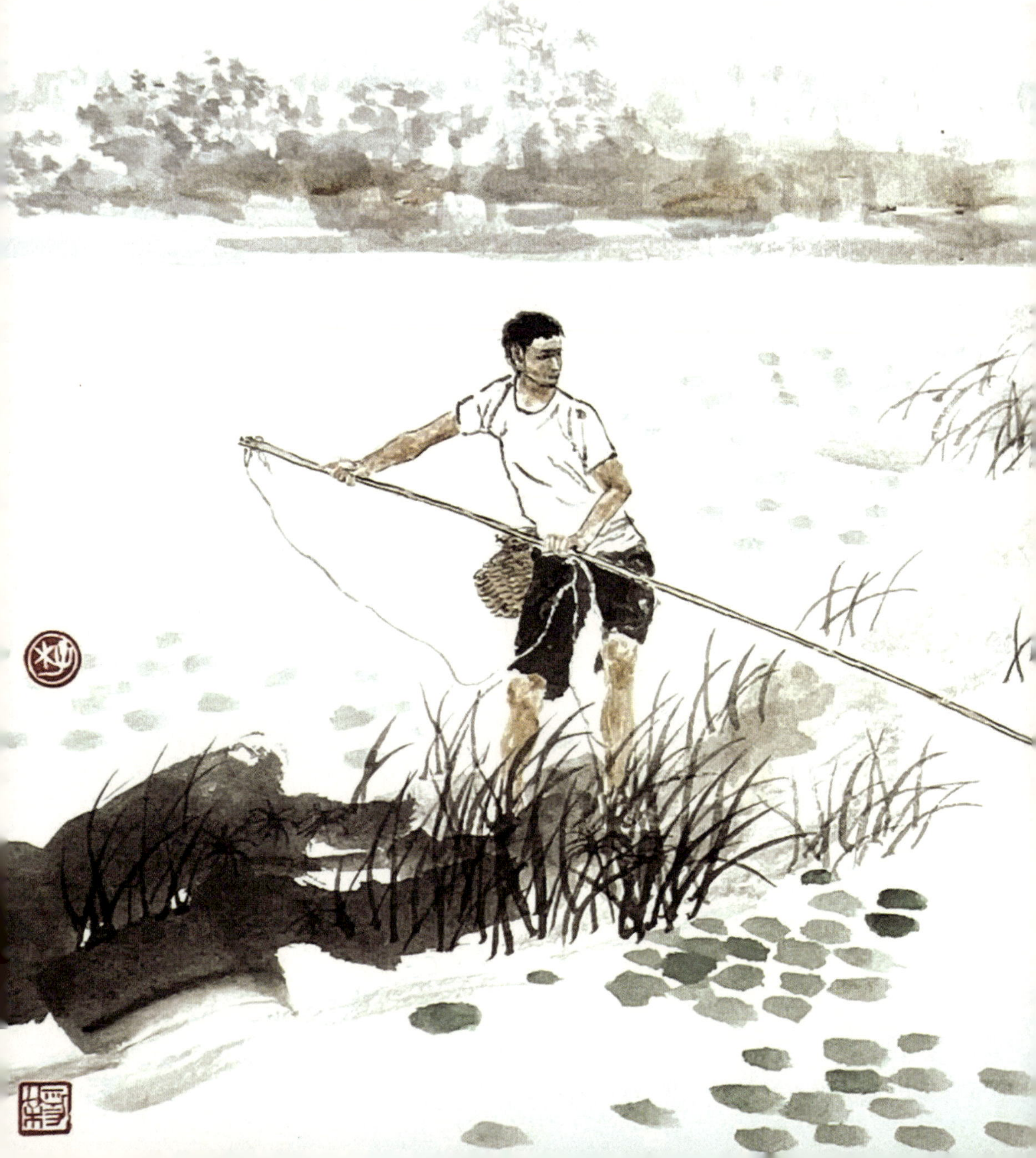

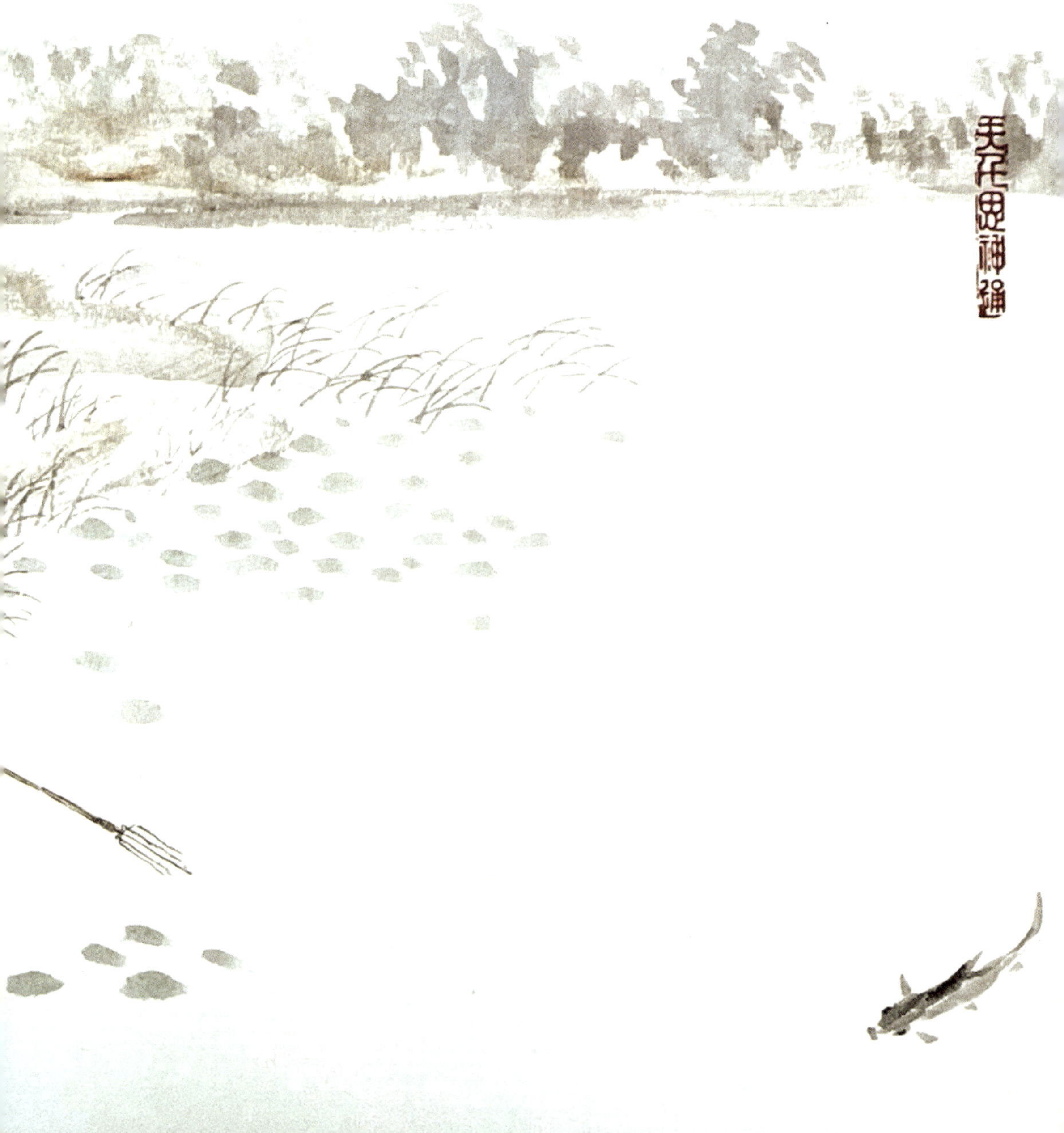

天花思神通

回来。乡下人都知道，水性再好，被菱藤缠住，也是会出人命的。表哥说，明天再来。这话不知是安慰我，还是警告黑鱼。

第二天，我们又来到那片菱塘。表哥跟那黑鱼较上劲了，叉杆末梢扣上了一根细麻绳。说来也巧，才走几步，就看到一趟乌仔，不知是不是昨天的那趟。黑鱼也狡猾，见有人来，忙领着乌仔游往河心。看准黑鱼的所在，表哥奋力抛出鱼叉，鱼叉拖着长长的绳子，飞向目标，只见叉杆剧烈晃动，戳中无疑了。表哥收拢绳子，拖回鱼叉，没想到叉上的黑鱼太大了，怕有五六斤呢。表哥难掩激动，炫耀秘技，说他平时都带绳子，就是怕鱼游远了够不着，好抛出鱼叉。以为夏天可以下河，谁料想黑鱼游进菱塘呢？

说来不信，新学期老师布置作文，题目"我的理想"。也不知咋回事，我抓笔就写，长大了要像表哥那样，当个"叉王"。老师和同学笑话了好长一段时间。没办法，那时我就这点出息。

抠螃蟹

那个时候似乎只要是有水的地方就有螃蟹，农田的灌渠、垛岸的沟汊、湖荡的浅滩，是最适宜抠螃蟹的地方。

我们小的时候，是最盼着放暑假的。那么长的一个假期，可以尽情地玩，还不用做作业，想干什么就干什么，快活得都发疯了。玩的花样也多，河埠头钓鱼，湖荡里采莲，还有水中捉迷藏……然而最有趣的莫过于抠螃蟹了。

约上三五个伙伴，也无须带别的东西，拎只网袋或拿根绳子就行了，可以把"抠"到的螃蟹放到网袋里，也可以叠罗汉似的把螃蟹一只只扎起来。当然，讲究的可以再做一把"蟹钩子"，也就是一根长长的钢丝，把

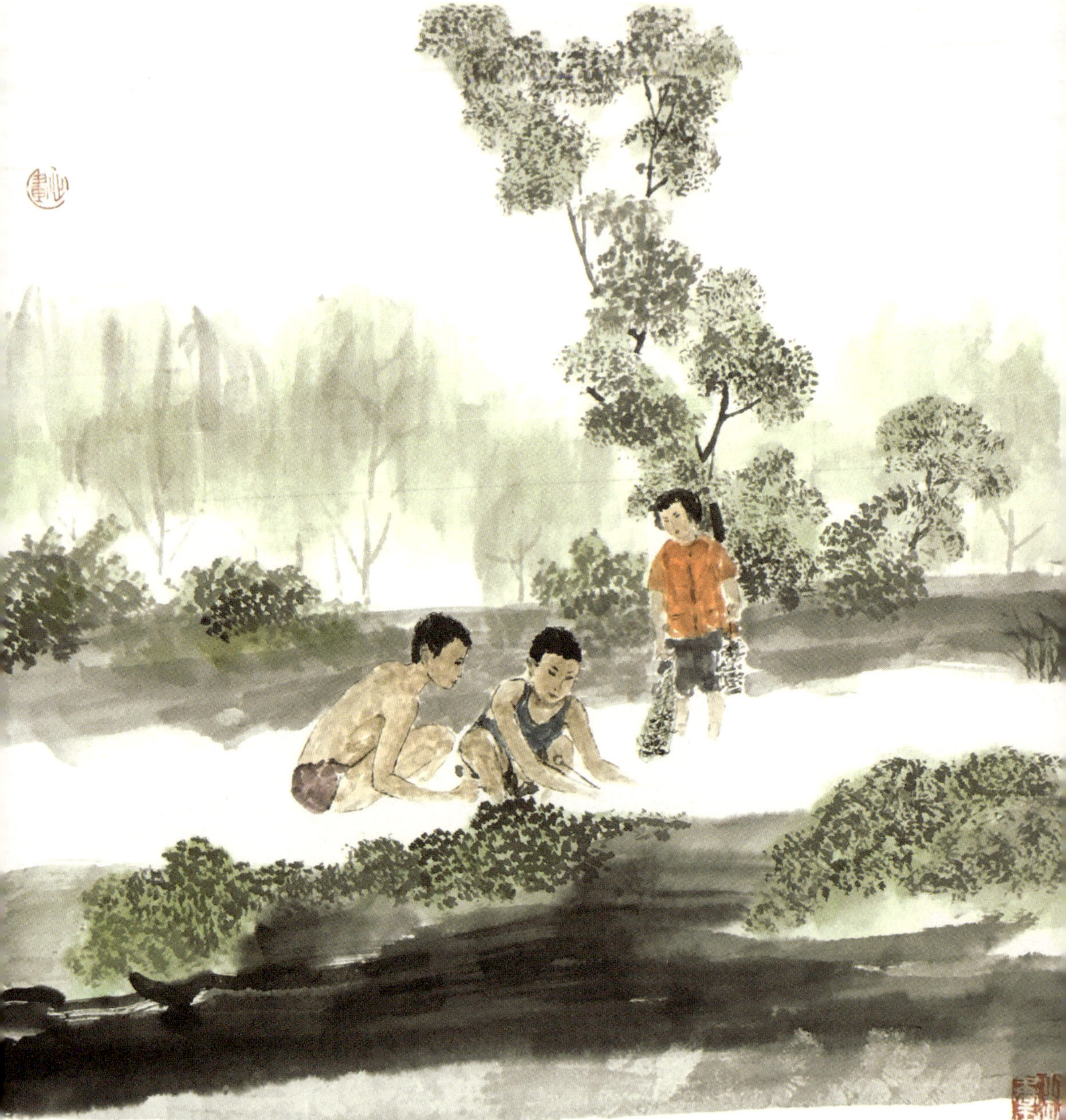

一端弯成钩状，其实到时候往往派不上什么用场。

到哪儿抠螃蟹呢？那个时候似乎只要是有水的地方就有螃蟹，农田的灌渠、垛岸的沟汊、湖荡的浅滩，是最适宜抠螃蟹的地方。那水沿有洞，洞口有爪印，定是螃蟹爬过无疑了。

看准了洞口，胆小的会用上蟹钩子，怯怯地伸进洞里去钩，只要有蟹，来得慢也就罢了，可迟迟看不到效果，你说急人不急人？胆大的则干脆伸手去"抠"了。螃蟹是横行的，即便蜷缩在洞穴深处也是一样。手伸进洞里，最先触摸到的是蟹爪。这是最理想的姿势，抓住四只爪子往外拖就行了。有时也有意外，看到一个洞穴，只顾伸手去抠，没想到竟被螃蟹的两只大螯钳住了。越是想缩手，螃蟹越是钳得紧，疼得哇哇直叫，一副恐怖的样子，那准是没经验的。每逢这种情况，就有一个大一点的孩子大声叫起来：别慌，手别动就行了。也真怪，你手不动的时候，螃蟹也就放松了。那吓着的孩子，擦擦眼泪，看着被螃蟹钳得都快出血的手指，一脸的难为情。他知道，这将成为笑话，小伙伴会谈论好长一段时间的。正为刚才的失态懊悔着，忽又听到惊叫声，扭头一看，有人被蛇咬着了。那蛇在空中一个翻飞，被他甩到远处去了。也是得意忘形，手随意伸进一个洞里，搅了蛇的美梦。大家都笑了，因为谁都知道，水蛇是没有毒的。他们有时还把水蛇的皮剥了，就在野地里架着火烤了吃呢。这样的故事还会发生的，这不，又有人抠出了一只癞蛤蟆，还有人抠出了一条大黄鳝……

他们多半是把抠螃蟹当作一种游戏，厌倦了的时候，会到村后的湖荡去，那里又是另外一番天地。从湖荡里蹚过，脚下似乎踩着什么了，有点硌脚，弯腰一摸，螃蟹。这样的次数多了，谁都能判断出脚下踩着的是河蚌，还是螃蟹，抑或别的什么东西。湖荡有浅滩露出水面，那上面同样遍布着蟹洞，这里可不同于沟渠，洞却是连环的，常常有两三个出口。你伸手的时候，还得观察其他洞口的动静，受惊的螃蟹往往会从别的洞口爬出去，得眼疾手快才是。有时会在洞里摸到一只软绵绵的东西，以为是什么鱼，掏出来一看，却是刚脱壳的螃蟹，软塌塌地"瘫"在手上。其实这玩意挺好吃的，煮熟了尽管连壳吞下，没事。

到湖荡可不单纯是为了抠螃蟹，还可以拾田螺，捉乌龟，挖野荸荠，捡水鸟蛋……渴了，就捧口湖水，再不就抠出嫩嫩的芦根，白花花的，一口咬下去，又脆又甜又解渴。等玩够了这些，再回到刚才的浅滩上，来个回马枪，那些洞里竟然又有螃蟹了。

寻黄鳝

那时沤田多，黄鳝也多。夏日的晚上，草草吃了晚饭，我们这些乡下孩子总爱结伴寻黄鳝去。

对某一种鱼来说，究竟有多少捕钓方法，恐怕没人说得清。如果换一个问法，哪一种鱼的捕钓方法最多，或许我们首先想到的就是黄鳝。

黄鳝，家乡常见的一种鱼，多生活在水田、池塘、沟渠里。小时候吃过太多的黄鳝，好像从未花钱买过，倒是经常用来换零花钱。你要问这黄鳝哪来的，当然是自己"寻"的了。

寻黄鳝大多在晚上，因为白天黄鳝喜欢钻在洞里，只有天黑了才放心大胆地出来觅食。那时沤田多，黄鳝也多。夏日的晚上，草草吃了晚饭，我们这些乡下孩子总爱结伴寻黄鳝去。

起初，寻黄鳝只要提盏马灯、拎个铁皮桶就行了。到了田里，举着马灯找黄鳝。黄鳝似乎对灯光无动于衷，并不见逃跑的迹象，有的将头伸出水面，有的则伏在水底。见着黄鳝，伸手就捉，捉了扔到铁皮桶里，过程就这么简单。可真正做起来就难了，黄鳝身子滑溜溜的，挺难捉，稍不留神，就溜了。但捉的次数多了，也就慢慢顺手了，讲究的是一个快，一个准。我寻了几次黄鳝，也学着徒手去捉，常常不得要领，黄鳝十有八九从我手中溜了。好在有的是黄鳝，就是跑了，每次也能寻个三斤两斤的，但总没别人的多。

后来，表哥教我一个窍门，用夹子夹。这夹子是竹片做的，像个钳子，钳口内侧挫成齿状。这样寻黄鳝就无须手捉了，直接用夹子夹。为了更有效地体现夹子的威力，表哥又把他的手电筒借给我，还配了副新电池，铁皮桶也换成了鱼篓，那一次我寻的黄鳝比谁都多。手电筒聚光，照到黄鳝，黄鳝就蒙了，直到夹住了才有反应，但已经迟了。不过，还是有几次失误，不是夹得过紧，把黄鳝夹伤了，就是夹得太松，黄鳝趁机溜了。

我自以为拥有了寻黄鳝的"秘密武器"，哪知阿根也学了一招，用鱼叉去戳。这鱼叉可不是你想象的那个鱼叉，现在看来有点像功夫片里的江湖暗器。找一把旧牙刷，把有毛的一段截了，放在油灯上烘烤，待塑料柄软化了，插上几根缝被针，冷却后再安在一米多长的竹竿上，这就成了一柄袖珍鱼叉。这种方法可以克服手捉和夹取的弊端，自然是技高一筹。

这几种寻黄鳝的方法，或捉，或夹，或戳，都是看到了黄鳝才下手。而更多的时候，尤其是白天，黄鳝都是躲在洞穴里或是藏在淤泥水草中，你是看不到的，那又该怎么"寻"呢？

常见的是抠。沿着田埂寻找黄鳝洞，发现水沿边有圆滑的小洞，洞口很干净，这差不多就是了。认准了，可以直接伸手去抠，但要堵住另一个洞口。黄鳝大多头

朝外，碰着了，使劲"锁"住，拖出来。如果锁得不紧，滑了，黄鳝钻到烂泥里，那就要费劲摸了。

　　文雅一点的是钓。先做一把黄鳝钩，取自行车轮子上的钢条，一头磨尖了，弯成钩状，就成了。用时穿上整条蚯蚓，看到黄鳝洞，将钩从洞口探入，黄鳝见有美味上门，自是吞食，手感有了，将钩一拉，黄鳝就出来了。

最极端的办法就是挖了。这大多是在稻子收了以后，田里的水也干了，黄鳝要打洞准备冬眠了。这时农闲的人们就会拿上一把鸭锹，专找稻桩下的黄鳝洞挖。挖不了几锹，黄鳝就露出来了。还有在干鱼塘[1]的时候，渔人沿着水沿边找黄鳝洞，这些洞里的黄鳝个头很大，有一次阿根就挖到斤把多的一条。

其实，捕获黄鳝的方法远不止这些，比如还有笼张、网抄……对于诸如此类的乡野渔事，我也是仅仅知道一点皮毛罢了。

1　干鱼塘：把鱼塘里的水排干，方便捉鱼。

拦螃蟹

顺着水流，烟索从一侧缓缓引向对岸，尽头竖根竹竿，系上马灯。孩子们守在灯下，单等螃蟹上岸。

民谚有"秋风响，蟹脚痒"之说。每当秋风起时，成熟的螃蟹仿佛得了指令，纷纷从藏身的河湖港汊里爬出，来一次早就约定的远行，洄游到生命的起点——大海，履行繁衍后代的使命。此时渔人忙碌起来了，想方设法拦截捕获它们，有的打簖（duàn）[1]，有的张网，有的扳罾……孩子们也不闲着，或湖里踩蟹，或河边抠蟹，或田间挖蟹……玩腻了游戏般的捕蟹，也许觉得自己长大了，孩子们就会尝试大人那种正经的渔法。这是

---

[1] 簖：拦河插在水里用来捕获鱼蟹的竹栅栏，设有"陷阱"，诱使鱼蟹进入。

成长与生活中应有的历练吧。

　　他们最先看上的是打簖。对大人而言，再宽的河面，只要有足够的竹箔，都可以拦河打簖，诱捕螃蟹。这似乎是一劳永逸的事，簖打好了，无须再做什么，只管等着收获就是了。孩子们没有那样的能力，那就到小河，少有行船的小河。也不会用竹箔，成本太高，那就用芦箔吧。芦箔自己编，家里现成的架子、草绳、芦柴，编上三四十米长就行了。因是冲着螃蟹去的，不必像大人打的簖鱼虾蟹兼捕，也就做了简化，芦箔沿河心顺向下游，斜斜地朝两边延展，到岸围成一个圈。这就算打好了。孩子们先回家去，吃了晚饭再来，带上两盏马灯，两边各挂一盏。螃蟹具有趋光性，顺着芦箔设定的线路爬行，见有灯光，更加"勇往直前"，没想到有人正在终点等着它们呢。

　　可惜没几天，芦箔就有破损了，毕竟材质不抵竹子。孩子们又看上了排蟹。同样是拦截，排蟹用的是丝网，可以随用随收。渔人傍晚出发，拦河张下重重丝网，夜

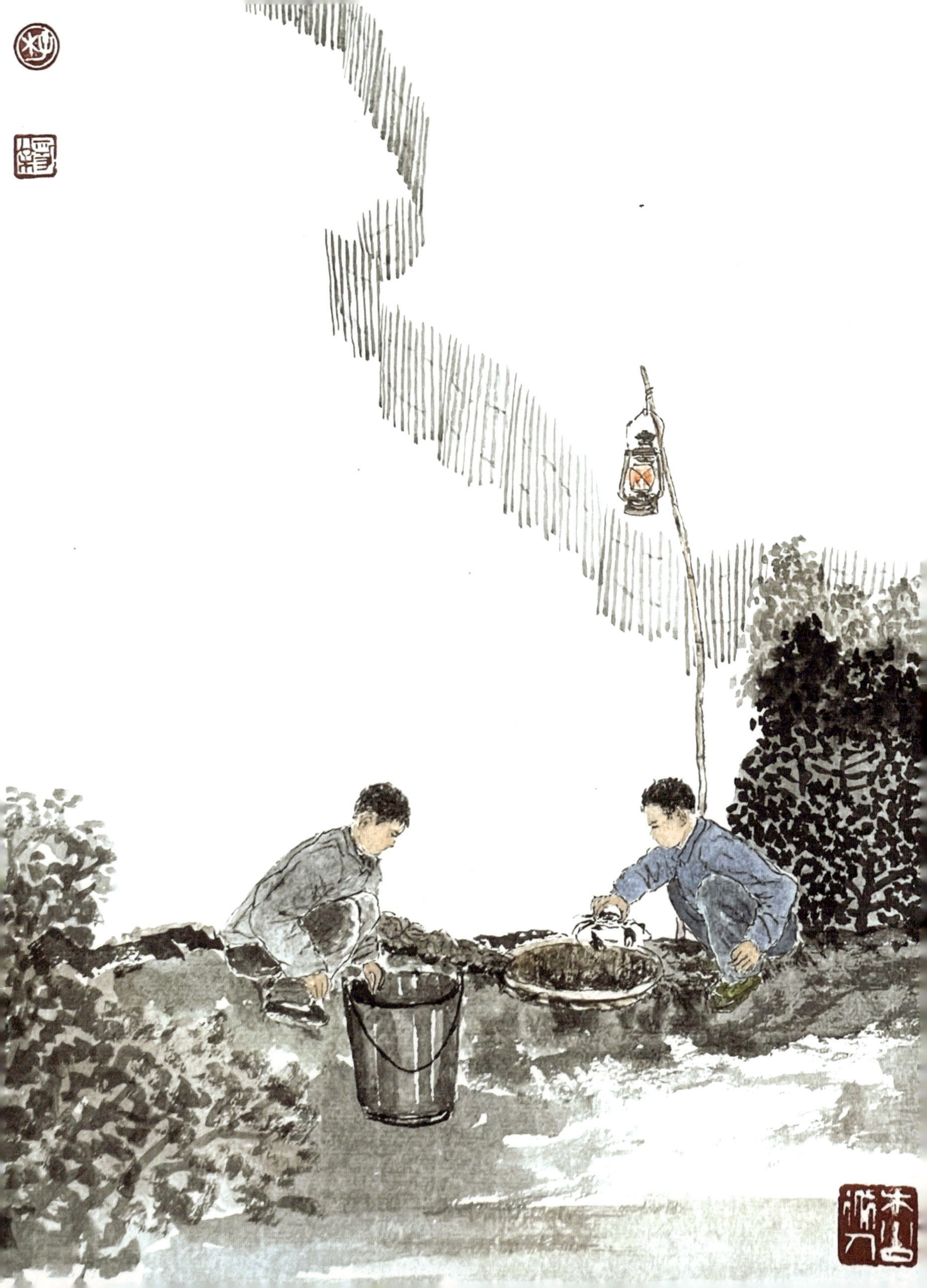

间依次拎网排查。螃蟹只顾前行，遇上丝网就被缠住了，渔人解下螃蟹，丝网仍旧张下。或许是芦簖诱蟹赚钱买的，孩子们也有了几条丝网。那就另找一条小河，几个来回张下丝网。不知是河道太窄，还是技不如人，蟹没捕到几只，鱼倒上网不少。好在有收获，什么都行。只是缠在网上的螃蟹太难解了，总会弄断几根线，落下几个洞，时间不长，丝网已是破破烂烂，不但捕不到螃蟹，连鱼也上不了网了。

好在捕蟹方法太多，这个不行，还有下一个。隔天，孩子们看到大人扳蟹罾，又想用烟索拦蟹了。说干就干，绞一条粗粗的长长的穰草索，盘成空心的圆台状，里面搁些杂草，点上火并不烧着，只取烟熏。熏上几天，草索成了乌黑色，满是烟熏味。大人扳蟹，烟索远远地在上游布下，渐次导向罾塘，螃蟹怕烟味，遇有烟索，自会避让，但它又要顺流向前，也就爬进了罾网，成了俘虏。孩子们不会去做蟹罾，也不会去搭罾棚，他们有自己的办法。这次换了一条稍宽的河道，顺着水流，烟索从一侧缓缓引向对岸，尽头竖根竹竿，系上马灯。孩子们守在灯下，单等螃蟹上岸。几个人扎堆难免发出声响，螃蟹也会怕人，可孩子们谁也不愿离开。螃蟹多了还好，一少困意就来了，再说大人可不许回家太晚。有人想出一个主意，找来一只半大的瓦缸，在烟索尾端挖个坑，把缸埋上，迎着水面铲个缓坡。这下省事了，或隔会儿查看，或明早再来，缸里肯定爬进不少螃蟹了。

  常有人不解，那时河里咋那么多螃蟹？这该归功于渔业部门，螃蟹繁殖季节，他们到崇明岛捞取蟹苗到内河放流。不解的还有，那时孩子就不上学，大人也不管？那我告诉你，我们小时候上学，真叫一个快活，没人要你补课，也没多少作业，更别提什么校外辅导班了，就一个字，玩。当然也不是单纯的玩，要玩有所"得"，不然大人就会责怪了。这个"得"你该知道是什么吧？

放老鸦

船头的男人手中挥舞长长的竹篙。老鸦们随着渔人洒脱的动作,竟然那么顺从地配合着,时而前行潜水,时而小憩观战,和谐有致。

老鸦捕鱼,由来已久。杜甫有诗云:"家家养乌鬼,顿顿食黄鱼。"这"乌鬼"就是老鸦,四川人的叫法。

老鸦,又叫鱼鹰,学名鸬鹚,体黑色,喙尖且长、鹰钩状,善潜水捕鱼。老鸦原是一种野生水鸟,后来渔人把它驯养为捕鱼工具,我不知道这对老鸦来说是幸运还是悲哀。不过,放老鸦这种捕鱼方法给水乡恬静的生活增添了许多情趣,这倒是真的。

捕鱼时的老鸦身上扣着两根绳子——一根扣在脖子上,以既不影响呼吸,又不致把鱼吞下为宜;一根扣在

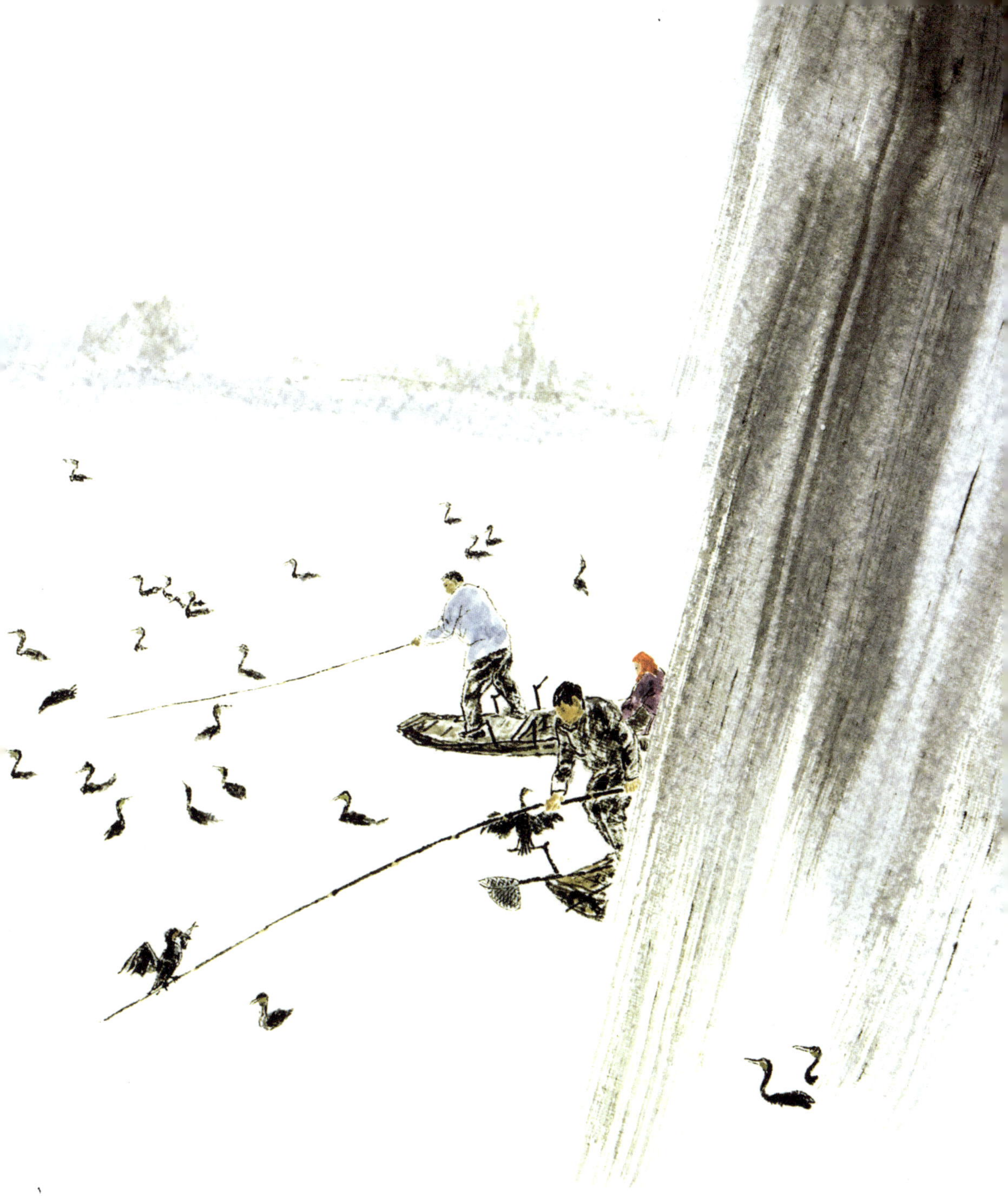

爪子上，渔人通过它才好自如地操纵老鸦，获取老鸦捕捉的鱼。

放老鸦是个集体项目，三五条、十来条老鸦船，几十只、上百只老鸦在同一块水面、同一条河流作业。船来来往往、鸦出出没没，老鸦的鸣叫声、渔人的吆喝声、艎板的击打声、收获的欢笑声交汇在一起，那场景蔚为壮观，常常引得无数路人驻足观看。

老鸦船很特别，堪与绍兴乌篷船媲美，长长的，窄窄的，尖尖的，翘翘的，快捷而灵便。通常每条船配有两个人，一人荡桨，一人放鸦。荡桨的多半是女人，放鸦的一定是男人，以夫妇居多。船尾的女人娴熟而机敏地荡着桨，一会儿快速向前，一会儿赶忙后退，一会儿猛地转弯，一会儿来个急停，这一切全要和着放鸦人的暗示，藏着默契。船头的男人激情四溢，脚下蹬踏艎板，啪啪啪——啪啪啪——嘴里吆喝，吆罗嗬——吆罗嗬——手中则挥舞长长的竹篙。这竹篙有点像乐队的指挥棒，忽左忽右，忽远忽近，忽急忽缓。老鸦们随着渔人洒脱的动作，竟然那么顺从地配合着，时而前行潜水，时而小憩观战，和谐有致。这竹篙藏着机关，顶端装有倒钩。当老鸦捉到鱼时，渔人将长篙伸到老鸦身下，钩起爪子上的绳子，老鸦自会跳上竹篙。渔人抓住老鸦的脖子，老鸦不仅把口中叼着的鱼放下，连喉囊里的鱼也吐出来了。当然喉囊里的鱼是小鱼，口中叼着的才是大鱼。有时老鸦捉到了大鱼，渔人为保险起见，干脆用上长柄抄网抄鱼了。

老鸦似乎什么鱼都捉。汪曾祺先生喜欢坐在运河边，看老鸦捉鳜鱼。我独爱看老鸦捉甲鱼，那样一个张牙舞爪的凶物，人都不敢近前，而老鸦一逮一个准，你说怪不？有个传说，渔翁起早到大河里喂鸦，一船鸦，八只，下水后一个猛子就再也没上来。渔翁傻了，不知何故。经验告诉他，老鸦会回来的。可一直等到天黑，也不见老鸦的影子。渔翁伤心至极，正欲回家，忽见前方有一团黑乎乎的东西，驶近一看，原来是八只老鸦"抬"着一条大鱼——黄箭，足有上百斤。黄箭也叫黄钻，学名叫鳡（gǎn）鱼，淡水中体形最大最凶猛的鱼。这正应了那句"一物降一物"的话了。

家乡放老鸦大都用小木船，荡着桨；江南水乡虽也用木船，却是摇橹的；漓江上则用竹筏；我还见过徽州渔人背着木船，挑着老鸦的。何来如此之多的操作方式？水土异也。

老鸦蛋和老鸦绳也是稀罕物，常有人家跟放老鸦的讨要这两样东西，都是给"惯宝儿"的。据说吃了老鸦蛋，百病不生；系上老鸦绳，不会溺水。前几年在老家，我还看到一个留着"长毛子"的"惯宝儿"，脖子上系着老鸦绳，像条项链，蛮有趣的。

现在能养鱼的水面都养鱼了，老鸦生存的空间越来越小。也别担心，那些大面积的河沟、湖荡，还有水库，人们在捕捞清塘时仍会想到老鸦。于是，我们常会看到一条条老鸦船排成一个长长的拖队，在挂桨船的牵引下，向着远方行驶……

罱 鱼

> 最热闹的罱鱼场景肯定就是出罱的时候了。十多条乃至几十条罱鱼船活跃在罧塘里外，不管是谁，大家都比试着罱鱼的技艺。

虽说人类文明的进程是先渔猎后农耕，但我仍然认为罱（lǎn）[1]鱼是从罱泥演变而来的。起初，农人罱泥时常会罱到小鱼小虾，像罗汉鱼、鳑鲏儿什么的，有时也能碰上稍大点的黑鱼、鲫鱼。这样的次数多了，有人干脆就制作了专门的罱子，趁着农闲罱鱼去。

小时候，我喜欢跟在大人后面去看罱泥。按理说，罱泥单调乏味，有什么看头呢。我之所以爱去，说出来

---

[1] 罱：捕鱼或捞水草、河泥的工具，用两根交叉的长竹竿张一个网，两手握住竹柄使网开合。

不怕人笑话，就为了看一罱子泥提放到舱里后，那随泥而下的鱼虾活蹦乱跳的有趣样子。这刻儿，我会抄起自带的网具，把鱼虾捞上来……后来上初中放忙假时，我又学着"拿"泥船，也曾人小鬼大地要学罱泥，可两只

手连罱篙都抓不牢，只得求其次了。"拿"泥船也不是件轻巧活，你不仅要会撑船，还得与罱泥人的动作保持协调，俗话叫"敌"得住船。就连这，我也是手忙脚乱。有时，罱泥的叔叔宽厚地笑笑，要我把船撑到垛田的沟汊里，由着他一个人罱。那就不是弓着身子向前罱了，而是直直地把罱子按到河底去"夹"。倒是不用"拿"泥船了，乐得我只顾去捞舱里的鱼虾。有时一罱子泥放到舱里，会突然窜出一条大黑鱼，吓你一跳，溅得一脸泥水……

农人把满舱的泥攉到泥坞塘里，沤草窖，作肥料。第二天起早再来看看，常有意外收获。经过一夜的沉淀，塘面上竟是密密一层螺蛳和鱼虾，那是昨天的漏网者。你就抓紧捡拾、捞取吧，下一个泥坞塘还等着你哩。

现在罱泥已渐渐离我们远去，残留的记忆常常是春耕季节大河湖荡里罱篙如林的场面，还有粗犷的罱泥汉和勤快的"拿"船女。不过，怀旧归怀旧，到了冬闲时候，里下河水乡还会看到另外一道风景，叫人依稀联想起罱泥的事情来，这就是罱鱼，农人戏称为"夹大罱子"。

罱鱼之罱与罱泥之罱是不一样的，前者取鱼，后者取泥。罱鱼的罱口大，网眼稀；罱泥的罱口小，网眼密。罱鱼的罱篙是笔直的，不像罱泥的罱篙要把根部"熨"成弯形。最大的不同是罱的方式，罱鱼是把罱口张到极致，猛地直按到河底，随即快速并拢提起；罱泥呢，则是把罱子搁到河里，着底后再张开罱口向前推进，等罱子里的泥满了，这才慢慢并拢提起。

只有在冬季才会见到有人专门罱鱼，这是由农情和渔情决定的。罱鱼时，通常是一人撑船，一人夹罱子。选择水底平坦的岸沟、菱塘、湖荡、荒滩，一路罱下去。撑船人跟着罱鱼人的节奏"拿"船，罱鱼人一罱子下去，挨着船帮提起来，张开罱口，将罱中所获倒进舱里。罱鱼所得，大都是底层鱼，鲫鱼、黑鱼、虎头鲨，还有一些小杂鱼。原先庄稼人罱鱼只是图个热闹找个乐子，顺便弄点下酒菜，并不以此谋生的。现在一些大水面的罧（shēn）[1]塘捕捞时，倒是经常可以看到专业的罱鱼队了。

这样一说，最热闹的罱鱼场景肯定就是"出罧"的时候了。十多条乃至几十条罱鱼船活跃在罧塘里外，气势恢宏，蔚为壮观。在罧塘里罱鱼的是自家人，请来帮忙的；罧塘外的则是捡漏的，所谓"鱼生四两各有主"嘛。不管是谁，大家都比试着罱鱼的技艺。这就有点卖弄的意味了，因为岸上正聚集着看新奇的人群，黑压压一片。于是罧塘沸腾了，欢声笑语夹着大呼小叫，闹成一片。这是一个豪放的季节，也是一个喜庆的季节。

---

[1] 罧：把柴堆在水里，引鱼聚集，以利捕取。

放 塘

满塘里都是人了，操着各种渔具，趟网、兜网、泥网、抄网、丝网、提罾、鱼叉、扒钩……各显其能，各享其乐。

放塘是指鱼塘捕捞结束，就"敞"在那儿，任由别人捡漏过瘾。

最初的放塘是在出罧之后。春天里，庄户人家选好一处水面，或栽上菰草，或撒上菱种，或扔上杂草树枝，开始"焐罧"，吸引鱼儿聚集，到了冬季把罧塘围起来"出罧"。捕完鱼，就放塘了。那些张丝网的、放老鸦的、捺龙罩的、夹大罱子的，趁机再捕上一回，多少有些收获。过几天，主人就要重新布置罧塘，那就不可乱来了。

养鱼塘口的放塘又是另一番情形。也是在冬日里，鱼塘要收获了，渔人拉网数遍以后，就要干塘捉鱼，其实干塘未必就能捕尽。村庄里常有一些好手，你既放塘了，就让我们玩玩吧。他们沿着塘边走圈，搜寻边坡与塘底交界处，若发现两个紧挨的小孔，里面定是甲鱼在呼吸，直接摁住就行了。可这种机会少之又少，一来养鱼人早检查过了，二来捉鱼时淤泥已踩得不像样。那就下到塘里去，抓根竹竿，边走边戳，感觉有硬物，听听声响，空声的是甲鱼河蚌，反之则是砖头瓦块。同样空声响，甲鱼与河蚌也有区别，一个闷，一个脆。有时也会戳到软软的东西，随即泥水飞溅，那是黑鱼窜出来了。等把鱼塘走个遍，所获寥寥，毕竟是捡人家剩下的。那先回家，半夜再来，带上手电筒。原先躲藏在烂泥里的甲鱼会爬出来，它要逃往别处，就会留下一串爪印，顺着照过去，有的会在前方重又潜伏下来，有的还在爬行，电筒光一照，竟一点不动。有些爪印会在塘边消失，甲鱼逃了。正遗憾，眼前一小块水洼里卧着一条黑鱼，敢情它也出来了。这样又"巡"了一遍，按理没什么了，可还不死心，先回去睡觉，一大早再来，手里拎只篮子，干吗呢？一夜过后，埋在泥中的河蚌、螺蛳全都"蜒"出来了……

我见过最热闹的放塘是在上小学时。村里将一块水荡围起来排水，说是开河修圩。记得暑假快结束了，我和几个同学跟着表哥，等着"放塘"捉鱼。没想到水还有半人深呢，村里就不管了，直接"放塘"。怎么管啊，满塘里都是人了，操着各种渔具，趟网、兜网、泥网、抄网、丝网、提罾、鱼叉、扒钩……各显其能，各享其乐。我们啥也没带，干脆下去摸鱼。几个人围成弧形，匍匐向前，那脚印塘藏着鲫鱼，水草丛满是沼虾杂鱼，河槽凹塘里"埋"着鳜鱼，芦滩上鲤鱼黑鱼乱窜……一趟下来，收获颇丰。还没来得及高兴，我们就被一群拉泥网的大人给冲散了。表哥也奈何不得，只好求其次，说我们去挖黄鳝吧。大家上了岸，表哥不知从哪儿借来一把铁锹。我们在荒田边的沟渠里找到几个洞口，表哥随意挖上几锹，就捉了几条大个黄鳝。有一个洞，竟然很长，都挖好远了，还不见动静，大家以为是个"闲"洞，表哥不信，又挖，还是没有，此时已没法往更深处挖了。表哥伸手去掏，可洞口太小。我抢上前，手刚伸进去，就感觉有东西咬人，赶紧缩手，就在这当儿，表哥的铁锹冲过来了，只听"咔嚓"一声，我的手边已是殷红一片。表哥脸都吓白了，以为伤着我了，等我洗了手，并不见伤口，这才放下心来。回头看洞口，好大一条鳗鱼，快有手腕粗了，只是已身首两处。

前几天回老家，遇到表哥，我们又聊起这事。这都过去好多年了，他至今还后怕，不过这次多了点调侃，说当初那一锹要是歪了，你就写不出这么多渔事文章了。我也笑了，怎么会呢，表哥是谁啊！

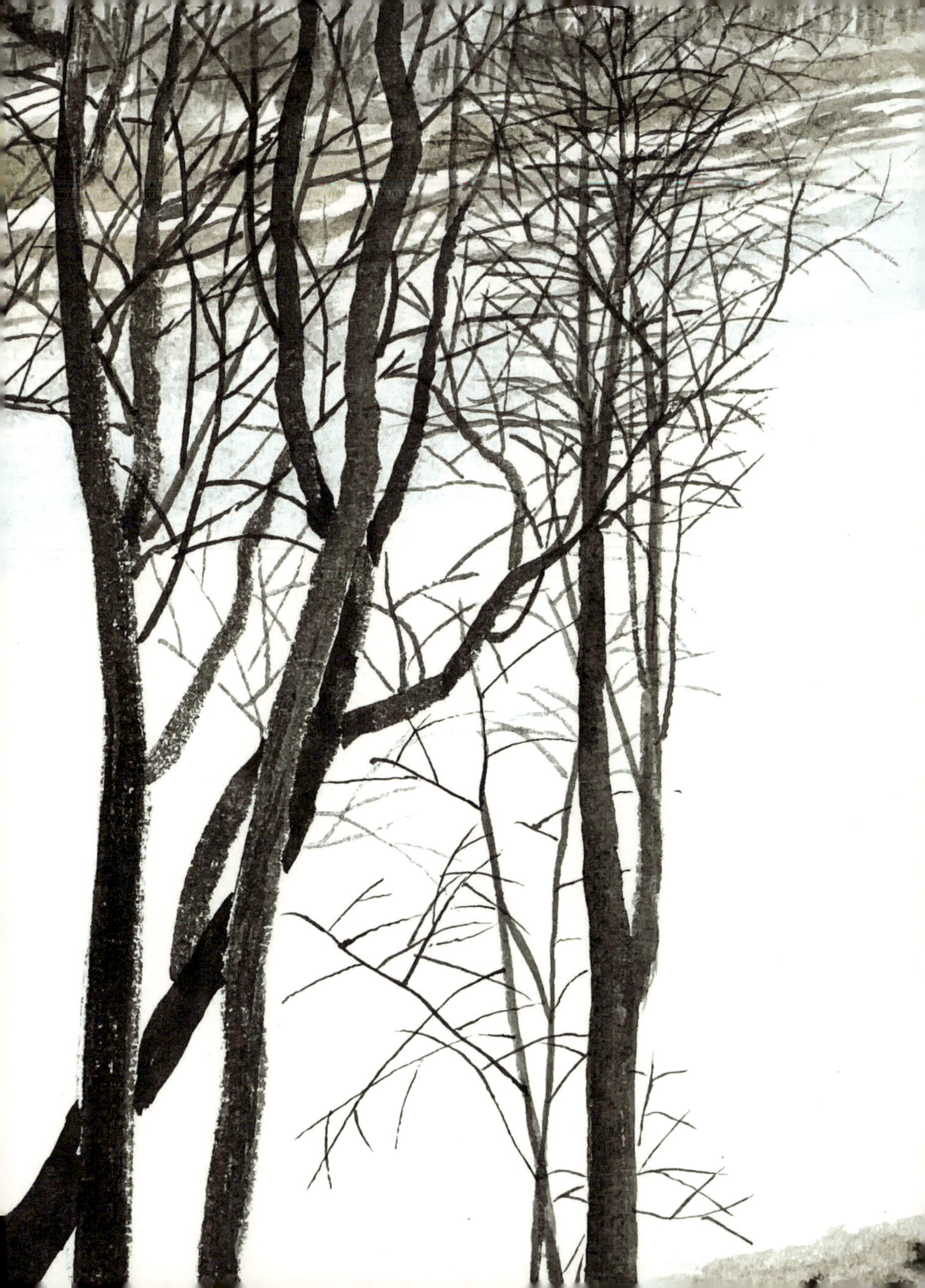

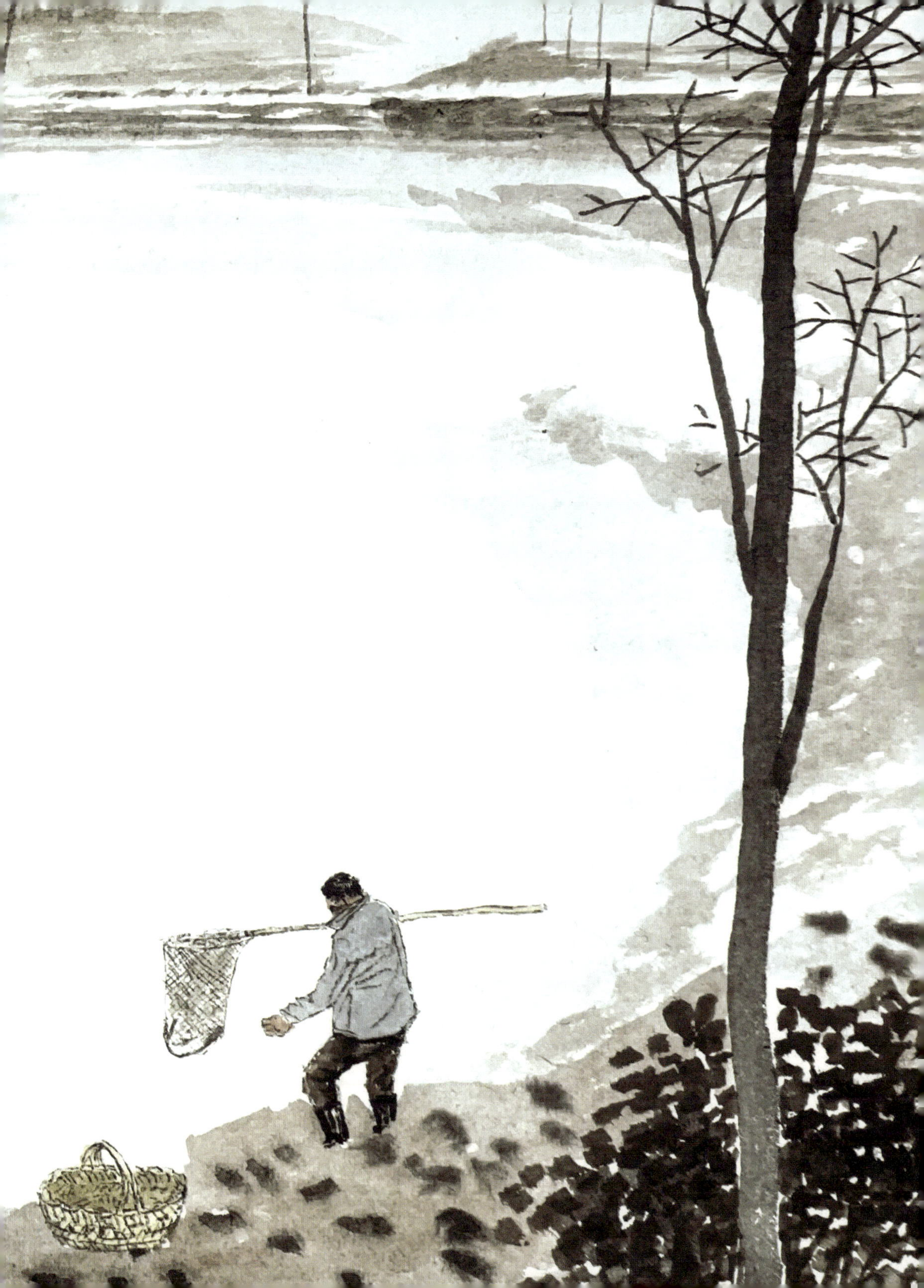

拾 鱼

那不大的泥塘里竟然个挨个地排列着十几条黑鱼，都是干干的背脊、湿湿的肚皮。把如树桩般的黑鱼拾起来，孩子们干脆沿着荒滩边走一圈，看看别的泥塘里有没有黑鱼。

在里下河水乡，我们看到太多太多的湖荡，大大小小，星罗棋布。这些湖荡又大都与芦苇滩联系在一起。在这片天地里，渔人捕鱼虾，猎人打野鸭，农人收割芦苇。孩子们呢，则把它当作放纵野性的地方。

当苇花漫天飞舞的时候，水乡的冬天也就开始了，孩子们会跟着大人去割芦苇。大人是不讨厌孩子跟着的，他们可以打个下手，递递绳索、茶水什么的，累了还可以逗逗乐子，解解闷。但孩子们并不满足于此，他们是冲着捉迷藏、玩打仗来的。

一眼望不到边的芦苇丛里藏着多少神秘啊，似乎生来就是为捉迷藏而准备的。孩子们索性钻到芦苇丛中，把自己隐藏起来。然而，发生了小小意外，不知谁家的小孩躲在芦苇深处出不来了，是被野鸟的惊飞吓着了，还是突然降临的莫名恐惧，他放声大哭。大人也会慌的，因为不晓得是何缘故，不过还沉着，想起自己小时候是经历过这样的事的。他高声喊着，站在那儿别动，我叫你一声你答应一声，就会找到你的。这其实是挺容易找到的，小孩毕竟是小孩嘛。找着了的小孩自然会被父亲打几下屁股，也就觉得在同伴面前难为情。这样的意外，会让他们失去捉迷藏的自由，不能再给大人添乱了，芦苇丛是不可以再去的。

好在还有更惊险的游戏，那就是玩打仗。照着电影里的样子，把那苇穗编成帽子套在头上。那一片已经收割了的开阔地就是战场，那一捆捆芦苇堆成的草垛就是掩体，那绵绵实实的蒲棒就是一枚枚手榴弹，随手抽一根粗粗的芦秆就能编一支驳壳枪。"冲啊，杀呀——"

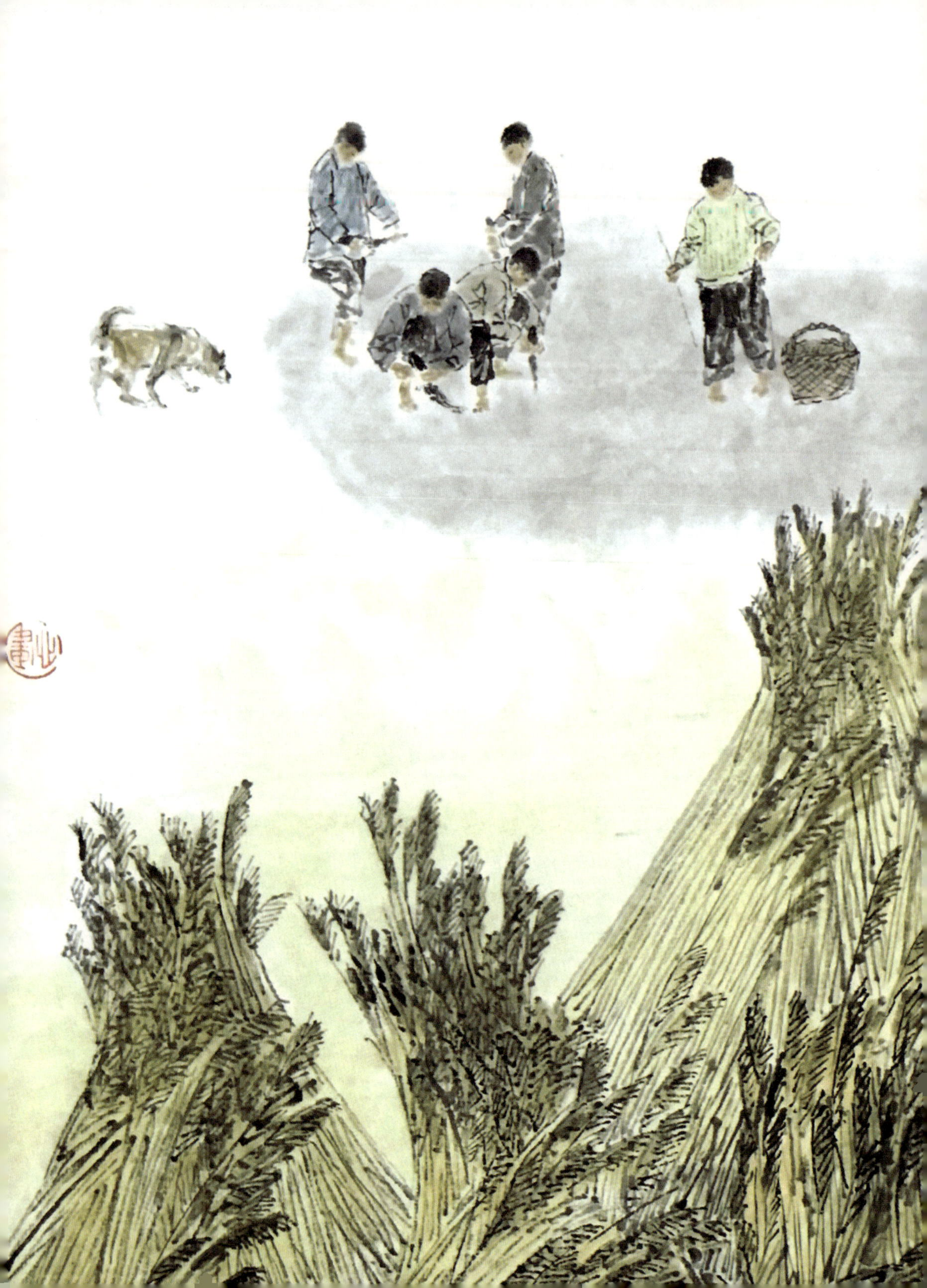

玩得不亦乐乎。蒲棒不够用了，再说大人们也不许糟蹋，那是要卖给打猎的做火捻子用的。手枪也只能图个嘴上痛快，"叭叭叭"，起不了实际效果。不用谁说，他们又把土坷垃派上用场了。

激烈交战中，一块土坷垃扔进了滩边一个枯竭的泥塘里。原先塘里水汪汪的，现在是枯水期，没水了。那塘里似乎有点动静，但并不明显。有眼尖的小孩发现了这种情况，就用芦柴戳了戳，还真的动起来了，黑乎乎的，像一截树桩，是什么呢？仗不打了，把同伴招来，大家试着再把那东西拨弄拨弄，又动起来了，吓了一跳，还是不知何物。有胆大的跨进泥塘，抓住那东西翻个个儿，乐了，竟然是鱼。那鱼背脊上的泥巴都吹干了，而肚子还是湿润的。这是什么鱼呢，孩子们是知道的，黑鱼呗。鱼儿怎能离开水呢？噢，原来黑鱼头上有七颗星，七颗星就是七条命哩，当然死不掉了。长大了他们才知道，鱼儿大都是用鳃呼吸的，而黑鱼却有副呼吸器官，叫鳃上器，可以直接呼吸空气。这也就是黑鱼能长久离水而不死的原因了。

　　那不大的泥塘里竟然个挨个地排列着十几条黑鱼，都是干干的背脊、湿湿的肚皮。当然也有其他一些鱼，只剩一副骨架，它们没有黑鱼那样的能耐，离开水就活不成了。把如树桩般的黑鱼拾起来，孩子们再也无意捉迷藏玩打仗了，干脆沿着荒滩边走一圈，看看别的泥塘里有没有黑鱼。你别说，还真有哩。

　　有人会不明白，黑鱼还有其他鱼儿为什么会待在塘里不走呢？原来芦苇丛中非常安静，夏秋季节水位高的时候，鱼儿游进了水塘，当天气渐冷时，它们就想在这儿过冬，而这时恰恰是枯水期，水位慢慢下降，塘里的鱼儿也就没法游出去了。

　　孩子们欢天喜地地把拾来的黑鱼带回家，倒入放了水的澡桶里，或是装进网袋系在河埠头上。一会儿工夫，黑鱼就活蹦乱跳起来了。

闹 滩

包围圈越缩越小，鲤鱼急了，一会儿撞进某个人怀里，那人刚抓住却又脱了手；一会儿潜在水底，似乎没了动静；一会儿有人摸到了，还没来得及高兴，又让它溜了……

闹滩是个集体捕鱼项目，参与的人越多越好，人越多越有声势，人越多越有激情，人越多收获也会越多。这当中既有游戏的刺激，也有技能的比试，更有渔趣的喜悦。

进入冬季，满湖的芦苇收割了，湖荡一览无余，那些掩藏在芦苇里的秘密一下子暴露出来，野鸭飞走了，芦雁看不到了，鱼儿也有点慌乱了。就在这个时候，湖边村庄总会有人到湖里闹滩。就像一场关于湖荡的主题演出，压轴的是收割芦苇，压台的就是闹滩捕鱼了。

远远地来了一帮闹滩的队伍，他们是驾着小船来的，三条船，每条船上都有五六个人。这些人身着皮袄，只露出头和手，腰间别着鱼篓，猛一看活像一群水鬼。来到一处水域，"水鬼"们手持竹竿，依次下水，似想整成一个队形，可谁都想占个有利位置，不免推推搡搡，也就一会儿工夫，很快各就其位，十几个人编成一个扇形，朝向芦滩。排在边上的"水鬼"面露愠色，嘴里嘀咕着，显然不服气，但也没办法，或许资历浅，或许水平差，或许力气小，那就不知道了。

　　短暂的骚动过后，队伍很快就安静下来，他们知道此行的目的，摸到鱼才是真本事。"水鬼"们先是挥动竹竿，或在水上拍打，或在水下驱赶，然后蹲下身子，相互挨着，双手在水中摸索。他们知道哪些鱼躲在泥塘里，哪些鱼藏在水草中，也知道受惊后的鱼儿哪些慌不择路，哪些就地埋伏，哪些浑然不觉。

　　只要有了收获，小小的不快自会烟消云散。不知是谁，率先摸到了一条鲫鱼，旁边的人满是羡慕，拔得头筹者更是喜形于色。这固然有运气的成分，但大家心知肚明，再好的运气也要有这个能耐。开了好头，喜事接踵而来，又有谁摸到了一条鲤鱼，还有谁摸到了鳜鱼、黑鱼，接着是昂刺鱼、虎头鲨，连甲鱼也有了，人群再次骚动起来，但这一次可不是为了抢占有利地形，而是分享收获后的快乐。偏偏摸到鱼的大都是排在中间的家伙，这让边上的几个人懊恼不已，可懊恼也没用，只得忍气吞声。

然而，运气总不会是某些人的专利吧？就像有句话说的，皇帝轮流做，明日到我家。这不，当队伍快包抄到湖滩边的时候，一条大鱼腾地跃出水面，鲤鱼——鲤鱼——有人惊呼起来，随即队伍紧紧相拥在一起，用人墙扎牢拦鱼的篱笆。如果是在离湖滩较远的地方，也许这条鲤鱼就有逃脱的可能，但现在包围圈越缩越小，鲤鱼急了，一会儿撞进某个人怀里，那人刚抓住却又脱了手；一会儿潜在水底，似乎没了动静；一会儿有人摸到了，还没来得及高兴，又让它溜了……运气就是在这个

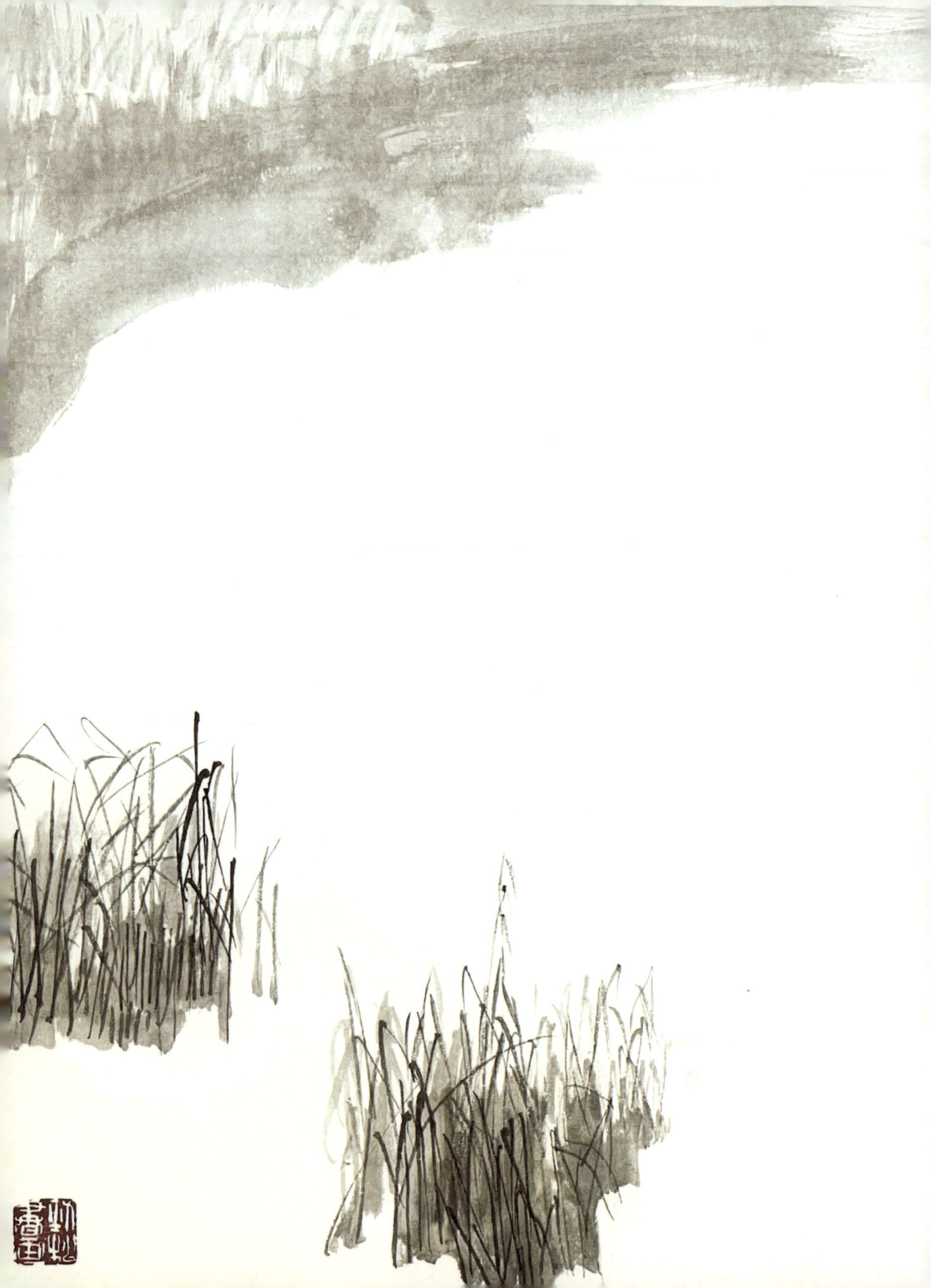

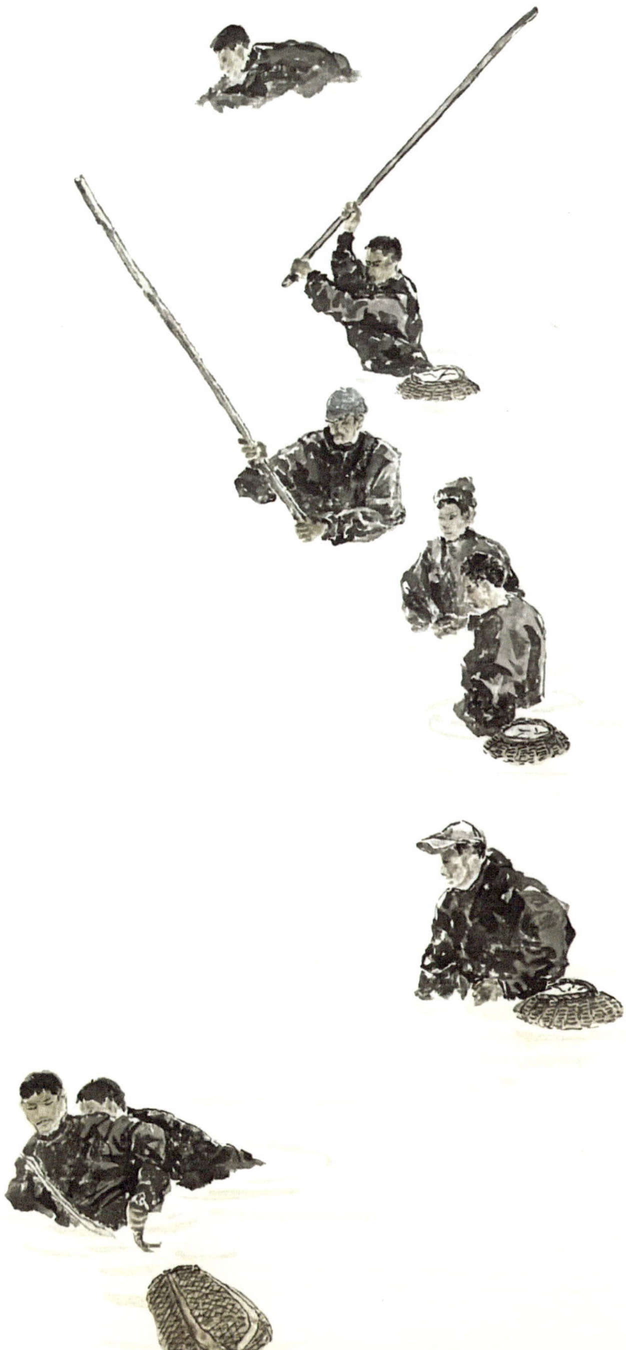

时候来的，鲤鱼横冲直撞，猛地冲向滩边，就在靠边的"水鬼"身旁搁浅了。鱼儿离开了水，就只能听人摆布。那人顺势摁住，这鱼自然就是他的了，拎起来掂掂，怕有七八斤呢。别的人或许渔获不少，但无论是个体重还是总量重，冠军非他莫属。不过，还有一句话是这么说的，运气来了，门板都挡不住，那人只是随意在滩边的水塘里洗洗手，水塘里竟然蹿出几条黑鱼，别人还没反应过来，黑鱼已成篓中之物，这还没完，水塘里又爬出一只甲鱼……

你这家伙撞上狗屎运了——也就不怪有人骂了，可骂归骂，脸上却是满满的笑意。那人的嘴巴都快咧到耳朵边了，全然忘了开头的不快。

这一处闹滩结束后，他们会转到下一场，也许再一次布阵时，谁都不会去抢所谓的有利地形吧。有利只是相对的，运气好、手艺精才是根本。

扒 钩

西风古道下，踽踽走来一位老者。粗看不甚分明，渐渐清晰了，那是一个老渔翁，肩上扛着一张渔网，腰间别着一只鱼篓，身后跟着一条小狗……

文人大都有渔父情结。柳宗元喜欢"独钓寒江雪"；张志和偏好"桃花流水鳜鱼肥"；杜牧则欣赏"芦花深泽静垂纶"；我们的郑板桥呢，神往的是"老渔翁，一钓竿，靠山崖，傍水湾"……

我不是一个纯粹的文人，要我说的话，我更愿意看到的是深藏在记忆里的这样一幅画面：

冬日的夕阳穿过萧瑟的芦苇，投射在微漾的湖面上，苇穗是灰白的，水波是闪着光的。野径无人，唯有老树昏鸦；湖畔有屋，却是流水人家。西风古道下，踽（jǔ）

踽走来一位老者。粗看不甚分明，渐渐清晰了，那是一个老渔翁，肩上扛着一张渔网，腰间别着一只鱼篓，身后跟着一条小狗……

这天造地设、浑然一体的意境，很能触动文人的心思。可他们并不知道，这正是里下河水乡常见的一道冬景——操扒钩的老人。那芦荻萧萧的湖滩边，宛如迷宫的垛田间，人迹罕至的野沟旁，总会出现他们的身影。

扒钩并不是钩，却是一种网具。取一根粗粗的且有韧性的树枝，桑树或柳树，把它弯成半圆形，两端用一根结实的竹竿或木棍连接，将早已编好的网袋固定到上面，然后再绑在一根长长的竹篙底部，打两个支撑，扒钩就算做成了。那样子有点像农具中

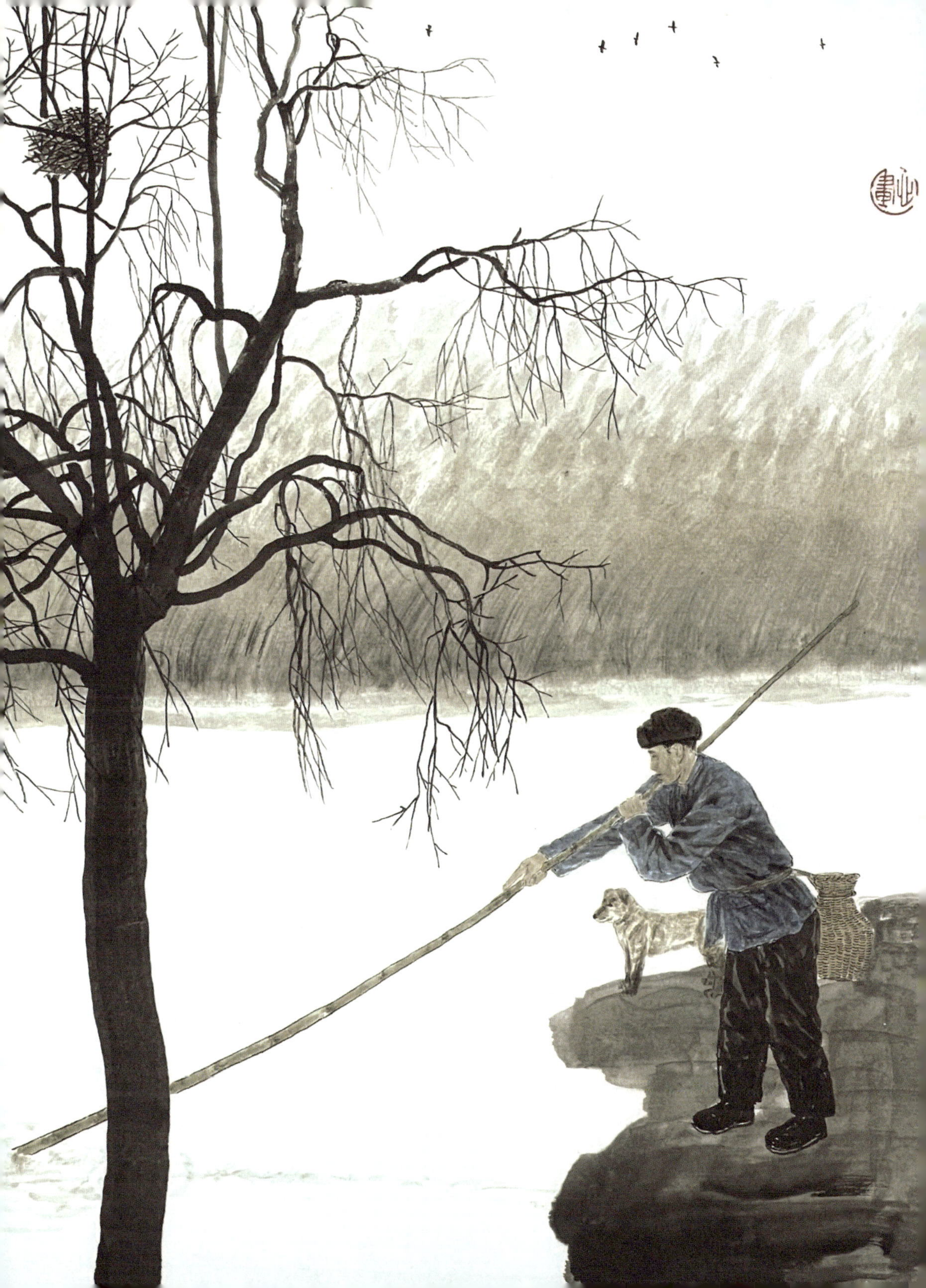

的耙子。

既是网具，为何叫钩呢？想必是扒钩作业时，由远及近，用拉力往身边"钩"吧，或是其状如钩？抑或原本叫扒沟，只适合在河沟里"扒"？

操扒钩的常常是个老者，你可以叫他老渔翁，但他不是。专业渔民是不干扒钩这个行当的，年轻人也不屑于此。那其实就是一个老农，在农闲的冬季客串一下渔翁罢了。

那么，我们来看看，渔翁是怎么使用扒钩的。

也不是所有水面都适宜扒钩作业，那大河、庄塘、埠头就不行，太热闹了就存不住鱼，只有小河、夹沟、浅滩才好。当然还有一个直接的原因，扒钩只是个小型渔具，弄着玩玩可以，当不得真的。

渔翁选择了一处适宜的地段，把扒钩伸出老远，摁到水底，然后将竹篙架在肩上，双手抱着，慢慢地一点一点往身边"扒"拉，临到岸边才起网。这时的网袋里面，往往是泥草和鱼虾混杂在一起。渔翁把扒钩提到水面，反复淘洗网袋，将网里的剩物倒在脚边。鱼虾自会蹦跳出来，小狗显得很兴奋，好奇地嗅来嗅去。这是最先见到的收获，不过是些鳑鲏、罗汉儿等小杂鱼，偶尔碰上一两条鲫鱼、黑鱼，也不大。渔翁蹲下身子，捡起鱼虾放入腰间的鱼篓，再拨弄那一堆杂物，螺蛳、河蚌之类的也舍不得丢弃。这一次作业就算完成了，再往前走几步，重复刚才的动作。

这些虽说枯燥，也没人做伴，更没有看客，但渔翁做得很专注，如同莳弄庄稼一般投入。有时渔翁也会坐下来歇歇，掏出旱烟袋，抽上几口，眯眼看着远处一个不确切的地方。小狗则静静地蹲在一旁。湖面上忽然飞起一只野鸭，小狗窜到河边，狂吠几声，却惊出草丛中的野兔，小狗又撒腿追过去，一会儿回来了，并无所得。渔翁摸摸小狗的头，小狗则摇摇尾巴。这是扒钩过程中常有的插曲。

当天快黑的时候，渔翁会收拾收拾回家，从哪儿来的，还往哪儿去。你看不到他脸上的表情，没有喜悦，没有遗憾，平静得很，似乎今天去村外扒钩是他农活的一部分。

这让我想起那则有名的《富翁与渔父》的故事。芸芸众生拼搏奋斗的目标是拥有一份悠然自得的生活，太看重结果了，恰恰忽略了过程。当所谓的成功来临时，我们还会有那份闲适的心情吗？从这个意义上说，文人的渔父情结将永远延续下去。

图书在版编目(CIP)数据

走,捉鱼去/刘春龙著;李劲松绘. —桂林:广西师范大学出版社,2024.6
(中国故事)
ISBN 978-7-5598-6997-5

Ⅰ.①走… Ⅱ.①刘… ②李… Ⅲ.①散文集-中国-当代 Ⅳ.①I267

中国国家版本馆 CIP 数据核字(2024)第 099937 号

走,捉鱼去
ZOU, ZHUOYU QU

出 品 人:刘广汉
策划编辑:杨仪宁
责任编辑:杨仪宁　孙羽翎
装帧设计:DarkSlayer

广西师范大学出版社出版发行

(广西桂林市五里店路 9 号　　邮政编码:541004)
（ 网址:http://www.bbtpress.com　　　　　　 ）

出版人:黄轩庄
全国新华书店经销
销售热线:021-65200318　021-31260822-898
山东临沂新华印刷物流集团有限责任公司印刷
(临沂高新技术产业开发区新华路 1 号　邮政编码:276017)
开本:720 mm×960 mm　　1/16
印张:12　　　　　　　　字数:78 千
2024 年 6 月第 1 版　　2024 年 6 月第 1 次印刷
定价:42.00 元

如发现印装质量问题,影响阅读,请与出版社发行部门联系调换。